たくらみは傷つきし獣の胸で

愁堂れな

幻冬舎ルチル文庫

CONTENTS ✦目次✦

たくらみは傷つきし獣の胸で

✦カバーデザイン＝高津深春（CoCo.Design）
✦ブックデザイン＝まるか工房

イラスト・角田緑

たくらみは傷つきし獣の胸で

1

「……くっ……」

ギシ、とベッドが軋《きし》むたびに、濡《ぬ》れたような淫猥《いんわい》な音とともに、低く抑えた高沢《たかざわ》の声が室内に響く。

「……んっ……あっ……」

閨《ねや》で高沢が声を上げぬのは、女のように喘《あえ》ぐのに抵抗を感じるためであると同時に、延々と続く行為に疲れ果て、声もでない状態であるからだった。

何度達したかもわからない。もはや意識も朦朧《もうろう》としてきてしまっているのだが、未《いま》だ男の雄が突き立てられるたびに、高沢のそこはまるで独自の意思を持つかのように熱くわななき、男の雄を締め上げる。

「淫乱な身体《からだ》だ」

くすり、と頭の上で男が笑う。少しも疲れを感じさせぬ明るい調子のその声の持ち主が、高沢の身体をベッドに組み敷いてから既に三時間が経《た》とうとしていた。

くちゅ、くちゅ、という音をゆっくりしたタームで響かせながら抜き差しを続ける男の雄には、常人にはない特徴がある。ただでさえ彼の雄は同性であれば嫉妬《しっと》を覚えずにはいられないほど、立派な様相を呈しているのだが、黒光りするその竿《さお》の部分にはぼこりぼこりと小さな球状の形が浮き出していた。

尽きせぬ性欲といい、グロテスクなそのもちものといい、人が聞けばいかにも精力絶倫の脂ぎった人物を想像するに違いない。だが実際高沢の腰を抱いているのは、たおやかな形《なり》をした美貌《びぼう》の青年なのであった。

『青年』と評するには、男が今年三十五歳を迎えることを鑑《かんが》みると少し語弊があるのだが、男の見た目は実年齢よりも軽く十は若く見えた。

彼を若々しく見せているのは、類《たぐい》まれなるその肌の美しさにあるやもしれない。室内の灯《あか》りを煌々《こうこう》とつけたままでのセックスは男が好むものであるのだが、灯りの下で男の肌は、汗のせいかぬめるような輝きを放っていた。

その肌が覆う男の肉体は、まさに芸術品と呼ぶに相応《ふさわ》しいものだった。少しの贅肉《ぜいにく》もない、鍛え上げられた身体である。デコラティブに筋肉がついているわけではなく、細身といってもいいくらいなのだが、肩から背のラインといい、高い腰の位置といい、素晴らしく均整がとれたいい体つきなのだった。

しなやかな筋肉は普段は彼の美しい肌の下に潜んでいるのだが、その逆鱗《げきりん》に触れようものなら誰も止めることができぬほどに凶暴に暴れだすのだという噂《うわさ》を、関東近郊では知らぬ者はいないと言われていた。間もなく噂は関東に留《とど》まらず全国を駆け巡ることになろうという美貌の男の名は櫻内玲二《さくらうちれいじ》。関東一の規模を誇る広域暴力団一次団体菱沼組《ひしぬまぐみ》の跡目を継承しようとしている若き極道である。

櫻内と高沢の出会いは今から半年ほど前、ある事情で警察をクビになった高沢を櫻内がボディガードにスカウトした、その日からヤクザと元刑事という、本来相容《あいい》れぬ者同士の新たな付き合いが始まった。

当初ボディガードという契約であった高沢だが、もともと櫻内は高沢に対し性的な興味を抱《いだ》いて近づいてきたこともあり、そのうちに彼の寵愛《ちょうあい》を一身に集める愛人の座まで併《あわ》せ持つようになった。

本来高沢には男の趣味はない。女の趣味もあるのかないのかわからないほど淡泊な彼が興味を示すのは射撃だけだった。

そもそも人並みの道徳心を持つ彼がヤクザのボディガードになることを了承したのは、専用の練習場で拳銃が撃ち放題だという、櫻内の誘い文句に乗せられたからだった。腕前の方もたいしたもので、オリンピック選手の候補に挙がったのは一度や二度ではない。

その彼がこうして櫻内の下で彼の激しい突き上げに喘ぎ、快楽に我を忘れるようになろうとは、誰も——誰より高沢自身が想像すらしていなかった。

跡目継承がらみで今日は北海道、明日は九州と目の回るほどの忙しい日々を送っているにもかかわらず、櫻内は毎夜のごとく高沢の部屋を訪れる。彼の疲れを知らない肉体が繰り出す行為に、今夜も高沢は翻弄《ほんろう》されていた。

「…あっ……」

内壁を擦《こす》り上げ擦り下ろす、ぼこりぼこりとした独特の感触に、精も根も尽き果てているはずの高沢の身体はそれでも快楽に耐えかねたように捩《よじ》れ、唇からは吐息というには熱い喘ぎが漏れる。

「……知っているか」

櫻内が高沢の片脚を摑《つか》んで高く上げさせ、男女でいう『松葉崩し』のような体勢に持ち込んだあと、更に奥を抉《えぐ》るように突き上げ始めた。

「あっ……」

堪《たま》らず高沢は高く声を上げたが、櫻内が何か話しかけてきたことには気づいたようで、うっすらと目を開き彼を見上げた。

「……お前のここがどれだけ貪欲《どんよく》に俺を求めているか」

「……馬鹿な……っ……あっ……」

次第に櫻内の律動が早まり、高沢の息が乱れ始める。

「突けば突くほど、もっと欲しいと纏《まと》わりついてくる。いやらしい身体だよ」

「……あっ……はぁっ……あっ……」

言いながら櫻内が更に奥へと突き立ててくるのに、高沢の意識は押し寄せる快楽へと飲み込まれ、上がる声音《こわね》が高くなってゆく。身悶《みもだ》えるその姿を見下ろす櫻内の端整な顔に、満足げな微笑《ほほえ》みが浮かんだ。

「セックスどころか、自慰すら面倒だと思っていそうな昼間の顔とのギャップが、またそそられるな」

パンパンという高い音が響くほどに激しく腰を打ちつけながら、櫻内が少しも乱れぬ息で呟《つぶや》き、笑う。既にその声は高沢には届いておらず、大きく背を仰《の》け反《ぞ》らせたと同時に白濁した液が彼の雄から発せられた。

「……っ」

同時に達した櫻内が低く声を漏らす。担いだ脚を下ろし繋《つな》がったまま櫻内が背に覆いかぶさってくるのに、高沢は肩越しに振り乱れる息のまま無言で首を横に振った。

「なに」

既に息も整っている櫻内が、見惚《みと》れるような笑みを浮かべ高沢の顔を覗《のぞ》き込む。

「……もう……勘弁《はら》してくれ……」

未だに熱を孕《はら》んだそれを後ろから抜こうとしない櫻内に、高沢がこうして泣きを入れることはよくあった。高沢も元刑事であるから、身体を鍛えていないわけでもないし、同年代の男性と比べても体力には自信があるという自負もあるのだが、対する相手が悪すぎた。怪物並みの体力を備えた櫻内の尽きせぬ欲望に、高沢は最後まで付き合いきれたことがない。延々と攻め苛《さいな》まれ、意識を失うほどに求められた翌朝は腰が立たないこともあった。

「……勘弁ね」

櫻内がくすりと笑って、高沢の腰を抱き寄せる。

「……仕事に障る」

よせ、と高沢が櫻内の腕から逃れるために敷布に手をつき、身体をずり上げようとした。

仕事というのは彼の本業である櫻内のボディガードのことである。櫻内のボディガードは十二名に補強され、毎日四名ずつ、二日おきに勤務することになっていた。明日が高沢の当番日で、早朝から櫻内の背後に張り付くことになっている。襲名披露が近いために、櫻内の身辺は以前に増してきな臭くなっており、一昨日《おととい》も菱沼組にたてつく一本独鈷《いっぽんどっこ》の組の鉄砲玉に命を狙《ねら》われたばかりであった。

「……仕方がない」

櫻内がしぶしぶ、といった様子でようやく高沢の腰を離す。

「いっそのことボディガードなどやめて、愛人一本に絞るというのはどうだ？」

「馬鹿を言え」

櫻内が笑って肩に唇を寄せてくるのを、高沢はじろりと睨《にら》んだ。

「冗談だ」

「当然だ」

「そんな顔するな」

ふふ、と櫻内はまた笑うと、今度は高沢の頬《ほお》に唇を押し当てたあと、勢いをつけてベッドから降り立った。

「顔？」

どんな顔をしていたのだと、高沢は己の頬へと触れたが、そんな少しの動作も今の彼にとっては酷く億劫《おっくう》に感じられた。

「子供が大切なオモチャを取り上げられるときの顔」

「……意味がわからない」

思考力も著しく落ちている。睡魔が高沢を襲い、手早く服を身につけてゆく櫻内の背を目の前にそのまま眠り込みそうになっていた。

「お前から拳銃を取り上げるような真似はしない。安心しろ」

額に落ちていた前髪を掌《てのひら》でまた綺麗《きれい》に撫《な》で付けた櫻内が振り返り笑いかけてきたとき、高沢の意識は半分ないような状態だった。

確かに『ボディガードをやめろ』と言われたときに自分が一番に考えたのは、拳銃のことだったなと高沢は苦笑する。その顔を見た櫻内の動きが一瞬ぴた、と止まった。

「……そんな顔を見せられると、帰る決意も鈍るな」

横たわる高沢に屈《かが》み込みながら低くそう呟き、問い返そうとした高沢の唇を彼の唇が塞《ふさ》ぐ。

「……っ」

獰猛《どうもう》なキスに高沢が苦しげに眉《まゆ》を寄せる。櫻内の掌が高沢の胸の突起を撫で上げようとするのを慌てて押さえると、櫻内はようやく彼から唇を離した。

「……顔、顔って俺がどんな顔をしたと言うんだ」

未だ胸に置かれていた櫻内の手を、高沢が押しのける。

「自覚がないのも罪だな」

端整な顔を苦笑に綻《ほころ》ばせた櫻内が、高沢の手を振り払ったあと、彼の胸の突起をぎゅっと抓《つね》る。

「……っ」

痛みに顔を顰《しか》めた高沢に櫻内は軽くキスをすると、素早い動作で身体を起こした。

「それじゃあ、また明日」

「……ああ」

にっこりと見惚れるような微笑を浮かべ、櫻内が額のあたりまで右手を上げて軽く手を振る。世の『愛人』であれば、別れ難いと起き上がり、玄関先まで見送りにでも行くのであろうが、高沢はこうしてベッドの中で彼を見送ることが多かった。

理由は、大抵の場合、起き上がるのが億劫なほどに体力を消耗し尽くしているということと、もう一つ、ドアの外には櫻内の腹心の部下が数名控えていて、彼らと顔を合わせるのにバツの悪さを覚えるためである。

高沢ら狙撃《そげき》を得意とするボディガードは櫻内の周辺を警護するのだが、櫻内と常に行動を共にし、身を挺《てい》して彼を守るボディガードもいた。今までは早乙女《さおとめ》という若い男がその役を担っていたのだが、最近は常に櫻内には三名の若者が朝から晩まで張り付いている。彼らは櫻内がこうして『愛人』宅を訪れるときも同行し、櫻内の『用事』が終わるまで隣の部屋でじっと待つという、気の毒としかいえないような役目もおおせつかっているのだった。

櫻内が部屋を出たと同時に、隣の部屋で人が動く気配がした。そのまま彼らの足音が遠ざかってゆくのをぼんやりと聞いていた高沢は、上掛けを引き上げ目を閉じた。シャワーを浴びる気力もない。また早乙女と顔を合わせたときに『昨夜《ゆうべ》も長かった』などとからかわれるのだろうと思いつつ、急速に眠りの世界へと落ち込んでいった。


翌朝、高沢の予想どおり『出勤』前の早乙女が高沢の部屋を訪れた。高沢は櫻内と杯《さかずき》を交わしたわけではなく、あくまでも『外注』としてのボディガードであるので、組員とのかかわりは殆《ほとん》どない。唯一の例外がこの早乙女で、暇さえあれば高沢の家にやってきた。

早乙女はまだ二十歳《はたち》そこそこの、ガタイはいいが、頭の中身は疑問符であるという、典型的な若いチンピラだった。櫻内への傾倒ぶりは多分、組一番ではないかと思われる。単純で怒りっぽい性格ではあるが、どこか憎めぬ人懐っこさがあり、人とのかかわりあいを苦手としてきた高沢も、知らぬ間に彼を受け入れていた。

今日も高沢に、櫻内の予定に急な変更事項があったと知らせにきてくれたのだが、本来それらの通達は、メールや携帯電話でなされるものだった。

「ちゃんと起きてっか、心配だったからよう」

それを敢《あ》えて早乙女がこうして知らせにきたというのは、単に彼が高沢との会話を求めていたから、というだけの理由である。櫻内が多忙になるのに比例し、早乙女も高沢もそれぞれの任務に忙殺され、顔を合わせる暇もなかった。そろそろ早乙女が寂しがり、声をかけてくるだろうと高沢は予測していたのだが、早乙女がなぜ、『寂しがる』ほどに自分を慕っているのか、そこまでは推察することができなかった。

早乙女自身も多分、その理由を自分でもはっきり把握していないに違いない。心酔する櫻内の愛人である高沢への興味なのか、はたまた櫻内の命を守る者同士としての一体感なのか、よくわからないながらも今日も早乙女は早朝から高沢の家を訪れ、頼みもしないのに自分と高沢にコーヒーを淹《い》れ始めた。

「それにしても昨夜も長かったなあ」

ほら、と早乙女が淹れた――といっても彼は単にコーヒーメーカーに粉を入れただけだが――コーヒーを高沢に手渡しながら、にやりと笑ってくるのを相手にせず、高沢は本日の櫻内の巡回ルートを目で追った。

「歌舞伎町《かぶきちょう》か。物騒だな」

「確かによう。襲名まであと一週間、組長の首には一億の値がついてるっちゅう噂もあるしなあ」

早乙女も巡回ルートを覗き込み、やれやれ、というように溜《た》め息《いき》をついた。単純な彼はすぐ相手の会話に流されるのである。

「あと一週間、派手なドンパチが起こらないのを祈るばかりだぜ」

「襲名披露は現組長の自宅でやるんだったか」

コーヒーを啜《すす》りながら高沢が問いかけると、

「おう。木谷《きたに》組長の具合があんまりよくないこともあってな、目黒《めぐろ》にある本家の大広間が会場になった」

個人宅の大広間といっても八十畳もあるのだ、と早乙女は自分のことでもないのに自慢げに鼻を膨らませた。

「後見人が岡村組《おかむらぐみ》の佐々木《ささき》組長だ。勿論《もちろん》若頭の八木沼《やぎぬま》組長も来るぜ」

「……さぞ賑《にぎ》やかになるんだろうな」

警視庁捜査四課、通称マル暴の捜査員たちが大量に張り付くことになるだろうと思いつつ呟いた高沢の意図は、

「そりゃあもう、天下の菱沼組の襲名披露だもんな」

またも自慢げに声を高めた早乙女には通じていないようだった。

「準備委員長なんぞ、今から廃人みたいになってるぜ。芳名録の順番やら席次やら、全国から主要な組関係者が一堂に会するもんで、順序付けが難しいんだってよ」

「……ふうん」

興味なさげな高沢の相槌《あいづち》に、早乙女は自慢のしがいもないと思ったらしい。

「当日、ボディガードは総出で本家に張り付くことになると思うぜ」

高沢の興味を惹《ひ》きそうなことを最後に言うと、「行くか」と立ち上がった。彼はこれから櫻内の自宅へと向かい、彼に張り付くのである。

「ありがとう」

既にメールで指示が出ていたために別に必要はなかったのだが、一応変更を伝えにきてくれたことへの礼を言い微笑んだ高沢の顔を見て、早乙女が一瞬ひどく照れた素振りをした。

「？」

なんだと軽く首を傾《かし》げると、早乙女は慌てたように、

「なんでもねえよ」

と語気を荒らげ、そのまま玄関へと向かっていった。

「それじゃあまたな。多分今夜もここには来るような気がするけどな」

靴を履き終わったあと、早乙女が肩越しに高沢を振り返り、にや、と笑う。『今夜も来る』はすなわち、彼が張り付いている櫻内がここへ来るだろうということを揶揄《やゆ》しての言葉だった。

「…………」

答えようもなく高沢は黙って肩を竦《すく》める。櫻内の寵愛が篤《あつ》いことが羨《うらや》ましいのか、早乙女はよくこの手の揶揄を高沢に仕掛けてくるのだが、そのたびに高沢はリアクションに困り、こうして肩を竦めるのだった。

「しかし組長が菱沼組のトップになったら……どうなるんだろうなあ」

ふと思いついたように早乙女がそう言い出し、高沢を見た。

「どうなる？」

「ああ。今以上に多忙になると思うしよ、また今以上にとやかく言う輩《やから》も出てくると思うし、こう毎晩は来れなくなるんじゃねえかと……」

ここまで言ったあと、早乙女は、はっとした顔になり、慌てて言い足してきた。

「いや、別にそうと決まったわけじゃねえからよ、心配する必要はねえと思うぜ」

「別に誰も心配なんてしてないが」

淡々と答えながらも、高沢は早乙女の言葉にひっかかりを感じ、逆に彼に問い返した。

「『今以上に』ってことは、俺は今も『とやかく』言われてるってことか」

「まあ、たいしたことじゃねえよ」

早乙女がますます慌てた顔になったところを見ると、充分『たいしたこと』なのだろうと高沢は内心溜め息をつく。

「それじゃあまた今晩な！」

そそくさと早乙女が玄関のドアを出て行ったあと、高沢は支度をしながら一人、今の早乙女との会話を思い起こしていた。

やはり櫻内の自分への『寵愛』は、何かと波紋を呼んでいるらしい。わからない話ではなかった。男の愛人のもとに毎晩通うなど、普通の感覚では考えられない話である。

櫻内は未だ独身だが、菱沼組のような大きな組織の長となるからには、身を固めて組織の繁栄を考えるべきだなどと意見する者が彼の周囲には多いのではないだろうか——高沢の支度の手が一瞬止まる。

「…………」

心に芽生えた感情は、『寂しい』としかいえないもので、高沢はそんな自分に戸惑いを覚えていた。

なりゆきでボディガードに、続いて『愛人』になって早半年が過ぎた。自ら望んだ道ではないが、既に慣れを感じているこの状況がまた、変化することに戸惑いを覚えているのだ――あたかも自分に言い聞かせてでもいるような『言い訳』がまた高沢を狼狽《ろうばい》させたが、こうしている暇はないと、あとはひたすら銃の整備やらルートの復習やらに意識を集中させた。

その日、櫻内は手打ちの仲裁人となるために歌舞伎町にある菱沼組の三次団体の組事務所へと向かう予定になっていた。襲名披露まであと一週間という大切な時期ではあるのだが、揉《も》めている組のうち片方がかなり大きな組織であるために、櫻内が出張るしかなかったのだという。

新宿には組事務所も多く、歌舞伎町では闊歩《かっぽ》する暴力団員たちの数も多かった。以前、この歌舞伎町で櫻内は何度かスナイパーに狙われたことがある。通常の神経をしていれば、これだけ人通りの多い場所で拳銃をぶっ放すのは、無関係な人々への危険を考えるとできないものである。が、通常からはかけ離れた神経をもつスナイパーは、撃ったあとに姿をくらませるのにその人波が好ましいと、敢えて人通りの多い場所を選んでいるようだった。

高沢ら――狙撃を請け負うボディガードは、常に櫻内より数メートル離れた場所から密《ひそ》かに彼をガードしていた。今日も櫻内の前には、きょろきょろと辺りに目を配りながら歩く早乙女の巨体がある。そろそろ組事務所に到着するか、という頃、高沢の視界を銃口が過《よぎ》った。

「危ないっ」

大声を上げて注意を喚起すると同時に、高沢は物陰から櫻内らを狙っていた男へと駆け寄った。銃を構えていた男はぎょっとした顔になる。

「てめえっ」

「逃げるなっ」

早乙女以外の若い衆が男に駆け寄るのに、男は襲撃を諦《あきら》め逃げる道を選んだようだった。

「深追いするな」

早乙女の声が響く。言われるまでもなく男のあとを追う気など持ち合わせていなかった高沢だが、男と一緒にその場を駆け去った長身に気づいたときには、既に彼の足は動いていた。

見覚えのあるあの後ろ姿――ビシッと伸びた背筋、高い腰の位置。振り返るときに一瞬目の端に映った男の横顔が自分の思うとおりの人物のものなのか、それを確かめるために高沢は一人、男のあとを追い始めてしまったのだった。

狭い路地をいくつも抜け、二人の男の背中が駆けてゆく。かなり現場から離れたこともあり、あまり深追いをするのは危険か、と高沢は我に返ると足を止めた。そのまま引き返そうと振り返ったそのとき――。

「高沢裕之《ひろゆき》だな」

路地からいきなり十数名の男たちが駆け出してきて、高沢の周りを囲んだ。

「…………」

しまった、罠《わな》か――高沢の手が内ポケットの拳銃に伸びる。と同時に後頭部に衝撃を受け、蹲《うずくま》ったところに、鼻と口を白い布で覆われた。

途端に高沢の意識は一気に遠くなり、その場に崩れ落ちてゆく身体を手で支えようとしたのを最後に、彼は気を失ってしまったのだった。

2

「……う……」

酷《ひど》い頭痛と吐き気とともに高沢は目覚めたが、その瞬間、自分が何者かに拉致《らち》されたことを悟った。

両手は後ろで、どうやら手錠をかけられているらしかった。頬にあたる床が冷たい。薄く目を開いたが、周囲に人の気配はなかった。そろそろと苦労して半身を起こし、未だにぐらつく頭を振って少しでもすっきりさせようとする。

周囲を見回したが窓はなかった。天井から一つだけ下がっている裸電球に照らされたその部屋は、勿論高沢には少しも見覚えのない場所だった。

部屋の広さはだいたい六畳くらいに見えた。金属製のドアが高沢の正面にある。室内にはそれこそ何もなく、部屋の真ん中、どういう構造なのか、太めの柱が一本ある以外は、片隅に洋式の便器がひとつ、遮るドアもなく置かれているだけの部屋だった。

立ち上がろうとしたとき、両足首に足枷《あしかせ》が嵌《は》められていることに高沢は気づいた。長い鎖で両足を繋いであり、足枷の先端は室内の中央に唐突にある柱へと結ばれていた。

『高沢裕之だな』

男たちに取り囲まれたとき、まず彼らは高沢の名を確認してきた。こうして自分を拉致することが目的だったのだろうかと高沢は思ったが、自分が拉致される理由や相手を考えようとするのを、重い頭痛が制した。

このむかつきといい、頭痛といい、多分クロロフォルムを嗅《か》がされたのだろう——気を失う直前に見た白い布を思い出し、高沢がまた軽く頭を振ったそのとき——。

「目が覚めたようだな」

部屋のドアが開いたと同時に、数名の男たちが入ってきて、高沢の周囲を囲んだ。

「…………」

誰だ——？　少なくとも高沢のよく知る男ではなかった。が、高沢の正面に立ったその男も、彼の背後に控えている数名の男たちも、どうみても堅気の人間ではないようだった。

中央の男の顔には見覚えがある気がする——旧職中に写真か何かで見たような、と思った瞬間、高沢の脳裏に、歌舞伎町の路上で確かに見たと思った『彼』の横顔が過ぎった。

確か目の前にいるこの男は『彼』と関係のある——次第に頭の中の霧が晴れ、思考力が戻ってくる。ようやく高沢が名前を思い出したと同時に男が口を開いた。

「はじめまして。香村靖彦《こうむらやすひこ》です」

香村靖彦——菱沼組三代目、香村正《ただし》の実子で、かつて菱沼組の若頭補佐の座にいた男である。五代目襲名を狙っており櫻内を陥れようとしていたが、逆に彼の策略に嵌り、四ヶ月前に覚醒剤《かくせいざい》売買の容疑で逮捕されたはずの男だった。

「………」

懐かしいといえば懐かしい顔ではあった。シノギに覚醒剤を扱うのは極道の恥と、プライドのある組は決して手を出そうとしないのだが、香村は一番金になるからと率先して覚醒剤売買に手を染め、自らの組織を拡充していった。それに手を貸したのが——。

「高沢裕之さん。一度お目にかかりたいとは思っていました」

香村に話しかけられたことで、結びかけた高沢の思考は遮られた。顔立ち自体は悪くない。そこそこの二枚目ではあるのだが、彼の顔には品格というものがまるでなかった。背後にいるチンピラとまるで違いがないのだ。いくらヤクザ者とはいえ、組を束ねていくような人物はある程度顔に長としての重々しさが出るものであるが、香村の顔からはその片鱗も高沢は見出《みいだ》すことができなかった。

「以前、散々煮え湯を飲まされましたしね」

にや、と香村が高沢を見て笑う。そういえばかつて『彼』から、香村が自分を相当恨んでいると聞いたと思い出し、殴られるのかと高沢は身構えたが、手足の自由を奪われた身ではどうすることもできないかと早々に諦め身体から力を抜いた。

そんな彼の様子は、香村の目には酷くふてぶてしく映ったらしい。忌々《いまいま》しげに舌打ちをしたかと思うと、手を伸ばして高沢のシャツを摑んできた。

「あんた、自分が今置かれている状況がどうだか、わかってんだろうな？」

「……ああ」

わかっていると頷《うなず》いただけのつもりであるのに、香村はまた馬鹿にされたと思ったらしい。

「余裕があるじゃねえか」

勢いをつけて高沢の身体を床へ突き飛ばすと、いきなり腹を蹴《け》ってきた。

「……っ」

容赦のない蹴りに一瞬高沢の息が止まる。続いての攻撃を予測し高沢は息を詰めたが、香村の足も腕も再び飛んではこなかった。

「…………？」

どういうことだと顔を上げようとしたところ、香村がすぐ近くに跪《ひざまず》き、高沢の顔を覗き込んできた。

「……まあ、そのくらい余裕がある方が、話はしやすいがな」

にやりとまた品のない笑いに顔を歪《ゆが》めた香村は、ここでまた身体を起こし、上から高沢を見下ろした。

「櫻内に連絡を取れ」

居丈高というのはこういう態度を言うのだろうという様子の香村が声を張り上げる。

「…………」

そういうことか、と高沢は香村を無言で見上げた。香村が逮捕されるきっかけは櫻内が作った。香村が日頃憎々しく思っていた高沢を自分の愛人に据え、骨抜きになっているという『演技』を――後に櫻内は『演技で男が抱けるか』と嘯《うそぶ》いていたが――おおっぴらに行い、噂を広めたのである。

未だに香村はその噂を信じているわけかという高沢の思考どおりのことを、香村は得々と喋《しゃべ》り始めた。

「櫻内にとってのアキレス腱《けん》はお前だっていうじゃねえか。未だに可愛《かわい》がられているとコッチでもかなりの噂になってるぜ」

「こっち？」

東京ではないのか、と思わず口を挟んだ高沢を前に、香村は一瞬しまった、という顔をした。が、すぐに、

「まあ、いいか」

と肩を竦めて笑うと、再び口を開いた。

「櫻内に場所を教えなきゃならねえもんな。ここは千里《せんり》だ。大阪だよ」

「……大阪？」

気を失っているうちに随分遠くまで来たものだ、と高沢は素で驚き声を上げた。

「わかったら救いを求めろよ。すぐ電話しろ」

ほら、と香村が内ポケットから携帯電話を取り出し、高沢の前に示してみせる。

「……無駄だろう」

高沢がぼそりと言ったのは、香村の脅しを拒絶するというよりは、事実を淡々と述べただけだったのだが、香村はそうはとらなかったらしい。

「電話をしたくねえってか?」

再び声に怒りを滲《にじ》ませながら、身を屈めて高沢の顔を覗き込んできた。

「……しても無駄だと言っているんだ」

あまり怒らせ、また蹴りでも入れられたらつまらないと、高沢は口調に気をつけつつ口を開いた。

「無駄かどうか、やってみねえとわからねえだろ」

「いや、わかる……俺ごときがつかまったくらいで、櫻内は動かない」

言いながら高沢は、自分の言葉に酷く納得していた。櫻内を動かすことができるのは多分、櫻内自身に他ならないだろう。親兄弟、恋人に愛人、それに友人の誰を傷つけたとしても多分櫻内は眉一つ動かさず、淡々とその様子を見ているに違いない。

沈着冷静は櫻内の美点の一つであるが、半面、彼の冷徹さは欠点の最大のものだろう。ただでさえそういう性質をしているところにもってきて、今は跡目襲名の大切な時期である。

のこのこと関西まで出向いてこようとは到底思えない、と高沢は再び首を横に振った。

「無駄だ」

「無駄ならここでおめえに死んでもらわなきゃならなくなる」

ドスをきかせた声で香村がそう凄《すご》んでみせる。が、いくら凄まれたところで無駄なものは無駄だ、と高沢は首を横に振った。と、その瞬間香村の足が勢いよく高沢の腹を蹴り、油断していた高沢はうっと呻《うめ》き、痛みに身体を竦めた。

「さっきからやけに落ちついてるがな、俺がその気にさえなりゃ、今、この瞬間にもおめえを殺すことだってできんだぜ？」

ドス、ドス、と香村の蹴りは何度も高沢の腹に入り、苦痛と込み上げる吐き気を高沢は必死で抑え込んだ。

「わかったか」

香村はようやく気が済んだのか、はあはあ言いながら足を下ろす。

「……くっ……」

わかった、と頷いた高沢の腹を、香村は最後に一段と強い力で蹴り上げると、痛みに呻いた高沢の前で高らかに笑った。

「わかりゃいいんだよ。さあ、櫻内に電話しろよ」

言いながら香村が握ったままになっていた携帯電話を高沢へと突きつけてくる。

「……………」

無駄だ、と高沢が溜め息をついたのを、まだ自分に反抗していると思ったらしい香村が、忌々しげに舌打ちし、また高沢の腹を力いっぱい蹴ってきた。

「うっ……」

「痛めつけねえと言うことを聞かねえってわけかよ、おいっ」

「違う……っ」

たまらず高沢はそう呻き、身体を二つ折りにして香村の蹴りを逃れようとした。

「何が違うんだよ、あ？」

構わず蹴りを入れながら香村が高沢に問いかける。

「……櫻内がどういう男か……っ……お前もわかっているだろう」

痛みに耐えながらなんとか声を発した高沢の話を、香村はようやく聞く気になったのか足を止めた。

「どういう男かだと？」

「……ああ……」

胃液と血の混じった味が高沢の口内に広がっていた。どうやら歯を食い縛っているうちに口の中を切ったらしい。またも吐き気に襲われるのを高沢は唾《つば》を飲み下して堪《こら》えると、香村にも理解できるよう、ゆっくりと言葉を続けた。

「たとえ肉親が殺されたところで、眉一つ動かさない男だ……電話で救いを求めろと言うのならするが、多分『死ね』と言われて終わるだろう……そういうことだ」

「俺を説得しようなんざ、百年早《はえ》えんだよ」

香村が苛《いら》ついた声を上げたと思った次の瞬間、彼の蹴りがまた高沢の腹にドスっと入った。

「……っ」

「櫻内がどう動くか、やってみようじゃねえかよ！　御託ばかり並べ立てやがって」

数度そうして容赦ない蹴りを入れたあと、

「少しはてめえの立場がわかったか、あ？」

ぜいぜい言いながら高沢の、今度は肩を蹴って彼の身体を仰向《あおむ》けにした。

「…………」

腹を晒《さら》したことでまた蹴りが入るかと身構えた高沢を見て、香村は、

「そうじゃなきゃな」

と満足そうに笑った。どうやら彼は、少しも自分を恐れていない高沢の様子に酷く苛立っていたらしい。

それが証拠に、香村は高沢に屈み込んでくると、彼の顔を眺めながらわざと脅すようなことを言い始めた。

「櫻内を動かすためにはそうだな、あんたの指の一本でも送ってやろうか」

「……なっ……」

思わず動揺してしまった高沢を見て、香村は高い笑い声を上げた。

「オリンピック選手並みの射撃の達人だそうじゃねえか。やっぱり指は惜しいかねえ」

「…………」

香村が高沢の腕を掴んで一旦引き起こし、すぐに勢いをつけて床にうつ伏せにする。そうして後ろで手錠を嵌められた右手首を掴んだ香村に、高沢はたまらず、

「よせっ」

と悲鳴のような声を上げていた。香村の手が高沢の右手の人差し指を握ったのである。

「はは、さっきとはえらい違いだなあ」

それでいいんだよ、と言いながら香村がぎゅっと高沢の指を握る手に力を込める。

「そんなに大切な指だとわかりゃあ、かえってへし折りたくなっちまうわなあ」

「よせっ」

無理やり指を逆に折られそうになり、高沢が必死で香村の手を逃れようと暴れ始めたそのとき――。

「指などより余程効果的なやり方がありますよ」

いつの間にか開いていたドアの方から凜《りん》とした声がしたと同時に、カツカツと足音を響かせ、一人の男が入ってきた。うつ伏せにされているために高沢はその男の姿を見ることがで

きなかったのだが、声にはいやというほど聞き覚えがある。

「なんだ、効果的ってえのは」

香村が高沢の指を離して立ち上がる。そのすぐ傍《かたわ》らまで歩み寄ってきた男が、高沢の両手首を捉《とら》えた手錠を持って、彼の上体を引き起こした。

「久しぶりだな」

そうして高沢の前に回りこみ、膝《ひざ》をついた男が笑いかけてくる。

やはり見間違えではなかったか——否、自分をこうしておびき寄せるために、多分囮《おとり》となったのであろう男の名を、高沢は小さく呼んだ。

「西村《にしむら》……」

西村正義《まさよし》——もと警視庁のキャリアで、高沢とは高校の同級生になる。高沢が唯一の友と思っていたこの男は、香村の組と癒着し甘い汁を吸っていた。

高沢にその事実を知られたあと西村は警察を辞め、姿を消した。その彼が、なぜにまた香村の傍《そば》にいるのだ、と呆然《ぼうぜん》としていた高沢の前で西村は、かつて友として向けてきたのとまるで違《たが》わぬ笑顔を浮かべてみせ、尚《なお》も高沢を呆然とさせた。

「元気そうでなによりだ」

「……どうして……」

にこにこと微笑みながら西村が高沢の肩を叩《たた》く。後ろ手に手錠を嵌められている己に対するこの態度は悪意のあらわれとしか思えないのに、西村の口調や笑い声からは少しもその『悪意』を感じられないことに高沢は違和感を覚えていた。

「どうして……ああ、俺がここにいる理由か？」

西村が高沢の問いに答えようとしたとき、

「おい、効果的ってえのはなんだよ」

横から香村の苛立った声が響いてきた。会話に置いていかれているのが彼の癇《かん》に障ったらしい。

「失礼しました」

西村が丁寧な語調でそう言い、軽く頭を下げる。上官に対する物言いのようだとその様子を眺めていた高沢は、

「効果的といえばですね」

西村が微笑みながら香村に告げ始めた言葉に絶句した。

「犯してやればいいんですよ。彼は櫻内の『オンナ』ですから」

「犯す？」

香村が素《す》っ頓狂《とんきょう》なくらいの大声を上げる。彼を護衛するように周囲に立っていた若いチンピラたちの間からも、くすくすという忍び笑いが漏れていった。

「ええ、さんざん犯してやったその映像を、櫻内に送りつけてやればいい。未だに櫻内の寵

愛は彼が――高沢が一手に引き受けているらしいですし、何より自分の『オンナ』を輪姦《まわ》されたとあっちゃあ、面子《メンツ》を潰《つぶ》されたと彼も黙ってはいられないでしょう」

「輪姦すか、こりゃあいい」

ははは、と笑った香村が後ろを振り返り、若いチンピラたちも声を上げて笑った。西村も声を合わせて笑っている。室内で笑顔を浮かべていないのは『輪姦す』と宣言された高沢一人だった。

「よし、ビデオ持ってこい」

「はいっ」

嬉々《きき》とした様子で香村がそう命じると、一人の若いチンピラが部屋を飛び出し、すぐに小型のデジタルビデオを手に戻ってきた。後ろにはあと二名、若いチンピラが従っている。

「しかし櫻内の趣味もわからねえなあ。本人、それこそ美女だが、その寵愛をこの男がねえ」

貸せ、とチンピラの手からビデオを取り上げた香村が、面白がって高沢を映し始める。

「…………」

本気なのか――高沢の顔が引《ひ》き攣《つ》ったのは、じり、じり、とチンピラたちが自分を囲み始めたからだった。

「ははは、怯《おび》えてやがるぜ」

香村がほら、とチンピラの一人にビデオを渡して、一歩下がる。

「それじゃ、始めてもらおうか」

香村の言葉が合図となり、チンピラの一人が高沢へと手を伸ばしてきた。

「よせ」

抵抗する間もなく仰向けに寝かされたところを、数名がかりで押さえ込まれる。あっという間にシャツのボタンは外され、ジーンズは下着ごと足首まで下ろされた。

「男を輪姦すのは初めてだなあ」

「勃《た》たねえんじゃねえか」

下卑た笑い声が頭の上で響く。既に高沢は抵抗を諦めていた。暴れたところで助かる手立てはひとつもない。

嫌悪は感じたが、恐怖はあまり感じなかった。指を折られるより余程マシだと思う自分の神経を心の中で笑う余裕こそなかったが、こうなったら仕方がないと高沢は半ば諦めの境地にいた。

「おい、手錠の鍵」

後ろ手に嵌めていては脱がせられないと一旦手錠を外されたときだけ、高沢は抵抗を試みたが、すぐに数名の男たちに押さえつけられ、頬を張られた。

「まったく、手間ぁかけさせやがるぜ」

「下はナイフで切っちまえ」

高沢が暴れたことで男たちの加虐心に火がついてしまったらしい。再び手錠が嵌められたあと、ジーンズはナイフで中央を切られた。全裸にされた高沢はその場でうつ伏せにさせられ、両脚を無理やり開かされたまま腰を持ち上げられた。

「ここに突っ込むんだぜ」

「おい、ビデオ」

男の一人が面白がって、高沢の殆ど肉のついてない尻を摑んでそこを広げてみせる。

「へえ、綺麗な色ぉ、してるもんだな」

「こんなところに入るのかねえ」

言いながら男の一人が押し広げたそこへと、指を一本挿入した。

「……っ」

苦痛に呻いた高沢の顔を、別の男が覗き込む。

「おい、今ので感じてるみたいだぜ」

感じるものかと唇を嚙んだ高沢の後ろを、ぐるぐると男の指が乱暴にかき回していた。

「すげえ締まりだ……なかなか具合がいいかもしれねえ」

指を入れた男の声が上ずったと思ったと同時に指が引いてゆき、間もなくジジ、というファスナーを下ろす音が高沢の耳に響いた。

「押さえとけよ」

どうやらトップを取るつもりらしい。男が命じたと同時に数名の手が高沢の身体に伸びてきて、肩を、頭を、床へと押さえつけた。

「それじゃ行くぜ」

「なんだお前、勃ってるじゃねえか」

あはは、と高沢の頭を押さえつけている男が笑う。

「男に突っ込むのなんて、俺、初めてだぜ」

「美少年ってえならともかく、こいつじゃなあ」

高沢の周囲でどっと笑いが起こったが、その笑いも最初の男が高沢の腰を摑み、ぐっと一気に自身をそこへと捻《ね》じ込んだ瞬間止まった。

「……っ……」

激痛に上がりそうになった悲鳴を必死で唇を嚙んで堪えた高沢の後ろで早くもピストン運動を始めたチンピラが、興奮した声を上げる。

「いい、いいぜっ……オンナなんかよりよっぽどいいっ……っ」

「なんだよ、本当か?」

「おい、早く替われよ」

最初の男の興奮が皆に伝染したらしく、それまでのどこかふざけたムードは一転し、ぎらぎらした欲望が男たちを捉えていた。

「……くっ……」

一人目の男が早々に達したのを、

「どけ」

別の男が押しのける。

「おい、バックばっかじゃ画《え》にならねえ」

少し離れたところで、ビデオを映している男が叫んだのに、

「それじゃあ、俺は正常位で」

二番手を買って出た男が、高沢の身体をひっくり返した。

「なんだ、全然勃つ気配がねえじゃねえか」

苦痛しか感じなかった高沢の雄が萎《な》えたままであるのに、今高沢の後ろで達した男が不満そうな声を上げる。

「てめえがソーローだからじゃねえの」

「うるせえ」

男は言われて余程悔しかったのか、二人目の男が高沢の両脚を抱え上げ、後ろに突っ込もうとしているところに高沢の性器に手を伸ばしてきた。

「……よせっ……」

勃起させようと扱《しご》き上げられたと同時に、後ろを貫かれ、高沢の背が大きく仰け反る。

「今度は感じてるみたいじゃねえか」

下卑た笑いがどっと周囲で起こったと同時に、他の男の手が高沢の胸に伸びてきて、胸の突起を摘《つま》み上げた。

「……っ」

「胸も感じるんだなあ。ほら、乳首が勃ってるぜ」

「下手なオンナなんかより、感度がいいんじゃねえか」

笑いながらもチンピラたちが性的に興奮している様子が伝わってくる。男相手ということで腰が引けていたチンピラたちは、今や順番争いをするほど興奮の坩堝《るつぼ》の中にいた。

「ほら、早く替われよっ」

「うるせえ」

男の突き上げが一段と激しくなった。前を扱かれ続け、ついに限界を迎えた高沢は不本意ながらも男の手の中に白濁の液を飛ばしてしまった。

「……イクゥッ……」

射精を受けて後ろが酷くひくついた、その刺激に高沢の腰を抱いていた男が高く声を上げて達する。

「なんだよ、そんなによかったか」

「おお、こいつがイったと同時にぎゅっと締め付けがキツくなってよ、いいなんてもんじゃねえぜ」

「おい、替われよ」

「早くしろ」

頭の上で男たちの笑い声を聞きながら、高沢は必死で己の意識を混濁させようとしていた。嫌悪感が募り、傷つけられた身体と自尊心が痛みに悲鳴を上げている。気を失えば楽になれる、一人心の中で必死で呟く彼の雄を、別の男の手が握る。

「櫻内が夢中になるのもわかるわなあ」

「おい、お前、咥《くわ》えてみろよ。喘がせてやれ」

あはは、と笑い合う男たちも、身体に与えられる絶え間ない刺激に己の息が上がってくるのも疎ましい。

「……っ……」

またも男の雄が高沢のそこに挿入される。

「ぐちゅぐちゅじゃねえか」

「はは、また勃ってきたぜ」

我も我もと高沢に触れる男たちの手に、激しくなる突き上げに、扱き上げられ、白濁の液を飛ばす己自身に、そして頭の上で微《かす》かな電子音を響かせまわるビデオに、自分を取り巻くありとあらゆる事象に心の中で悪態をつきながら、高沢はただただ時間が過ぎるのを唇を噛んで待ち続けた。

男たちの興奮はなかなか鎮まる様子を見せなかった。途中、見飽きたらしい香村が西村を連れて去ったときだけ高沢の意識は戻ったが、三人目に腰を抱かれたあたりから気を失っていた。

最後、後ろ手になるよう再び手錠を嵌め直されたときに、ようやく高沢の意識は戻った。

「しかし男も癖になるぜ」

「たまらねえな」

下卑た笑い声を上げながら男たちが部屋を出てゆく気配が背後でする。人形遊びをしていた子供が飽きて遊んでいた人形を放るのと同じく、散々性をぶつけた高沢の身体を男たちは全裸のまま放って部屋を出ていってしまった。

冷たい床が体温を奪い、身体が震え始めたが、起き上がる気力は高沢にはなかった。後ろはもう、突っ込まれすぎて感覚がないほどである。扱かれ続けた自身にもひりひりとした痛みを覚えた。胸の突起も男たちに触られ、舐《ねぶ》られた名残《なごり》でじんじんとした痛みを訴えている。

まったく酷い目に遭った——高沢の嚙み締めた唇の間から深い溜め息が漏れた。周囲には男たちの——そして己の放った精液の匂いが充満し、吐き気を誘う。

と、そのとき、ギイ、と金属の扉が開く音が背後でし、高沢は誰が入ってきたのかと耳を澄ませた。コツ、コツ、と静かな足音が真っ直《ま》《す》ぐに高沢へと近づいてくる。

彼だろう——そう思った高沢の予測は当たった。

「いい格好だな、高沢」

言いながら肩を摑まれ、仰向けに寝かされる。後ろ手に捕らえられた両手が己の体重を受けて痛んだのに眉を顰《ひそ》めた高沢を見下ろしていたのは——かつての友、西村だった。

「…………」

高沢は無言で西村の端整な顔を見上げた。西村も立ったまま真っ直ぐに全裸の高沢を見つめている。

暫《しばら》くの沈黙ののち、西村が、くす、という笑い声を漏らした。

「若い衆が言ってたよ。櫻内が夢中になるのもわかる、抱き甲斐《がい》のあるカラダだと」

「…………」

西村が膝を折り、高沢へと屈み込んでくる。

「お前も楽しんでいたと彼らは言ってた……本当か？」

「……西村」

にっこりと目を細めて微笑む西村の名を、掠《かす》れた声で高沢が呼んだ。

「ん？」

小首を傾げる仕草は西村の癖でもあった。大の大人らしからぬ可愛げのあるその癖を、高沢は常に微笑ましく見ていたのだが、今、この状況ではとても微笑んでなどいられなかった。

「なぜだ」

「なぜ？」

また西村が小首を傾げて問い返してくる。

「ああ、なぜだ」

高沢は——知りたかった。チンピラたちに自分を襲わせたのは西村だった。指を折られるよりは余程マシではあったが、それでも高沢の身体と精神に絶大なダメージを与えたその行為をさせたのは彼なのである。

西村がなぜ、香村らを煽《あお》り立てたのか——それ以前に、彼がなぜ、再び香村とかかわりを持つようになったのか、高沢が何より知りたいのはそれだった。

「……なにが？」

西村の手が高沢の肩に触れる。

「……よせ」

その手が胸へと滑り、紅《あか》く色づく胸の突起に触れたとき、高沢は思わず激しい声を上げていた。

「…………」

西村の手が一瞬止まり、無表情な瞳が高沢の瞳を捉える。が、次の瞬間、西村の指は高沢の胸の突起を痛いくらいの強さで抓っていた。

「……っ」

高沢が悲鳴を上げそうになるほど容赦ない力で抓り上げた西村は、高沢の身体が痛みにびくっと震えたのを見て、ふふ、と含み笑いを漏らした。

「…お前がこんなに感じやすいなんて、知らなかったよ」

西村が更に身体を屈め、長く出した舌で高沢の胸の突起を舐め上げる。

「……頼むからやめてくれ」

ぞわりとした感覚が背筋を這《は》い上る。決して悪寒ではないその感触に耐えかね、高沢はそう大声を出した。

「俺では嫌か」

西村が顔を上げ、じっと高沢を見上げてくる。

「……説明してくれ……なぜ、また香村などと……」

高沢の問いなど聞こえないように、西村の視線が顔から胸、やがて下肢へと落ちてゆく。

彼の手が萎えた自身の雄へと伸びてくるのを高沢は身体を捩って避けようとしたが、一瞬早く西村にそれを握られてしまった。

「西村」

高沢の声に怒気が混じっていた。男たちにさんざん乱暴された身体は泥のように疲れ果て、身動きひとつとるにも緩慢な動作になってしまう。自分が嫌がっていることが西村には伝わってないのかと高沢はもう一度、

「よせ、と言っているんだ」

と、ゆるゆると自身を扱き始めた西村をきつく睨んだ。

「……俺が香村とつるんでいる理由か？」

西村が高沢にまた、にっこりと微笑みかけてくる。

会話の歯車は相変わらず狂ったままだった。高沢がしかけた三つばかり前の問いに彼は答えようとしているらしい。

「そうだな……」

また小首を傾げる動作をした西村を見上げる高沢は、今夜初めて『恐怖』というに相応しい感情を抱き始めていた。

何人の男に突っ込まれようと、高沢は嫌悪こそ覚えたが、恐怖の念を抱いてはいなかった。もとより高沢はさまざまな感情が常人よりも鈍いとからかわれることが多いのだが、ことさら『恐怖』に対しては鈍いと自分でも思っていた。

彼にとっての『恐怖』は命を失うことくらいで、生死を分かつ場合以外、今までに『怖い』という感情を抱いたことはなかった。だが今、高沢は歌うような口調で考え考え喋りながら、自身の雄を弄《いじ》り続ける西村を前に、『恐怖』としかいえない感情に捉われていた。

西村の身体から殺気は感じられなかった。憎悪や嫌悪も感じることができないことが、高沢に恐怖を呼んでいた。

再会した直後、以前とまるで同じ調子で高沢に話しかけてきた西村は、多数の男たちの精液に塗《まみ》れ、全裸で寝転がらされている高沢を前にしても、同じ態度を貫いていた。それが高沢には怖くて仕方がないのだった。

狂気――尋常ではない、と、高沢は己を見下ろし、にっこり微笑む西村の顔を睨み上げた。

「やめろ」

「……多分俺は……」

手を休める気配のない西村への警告は、彼の声に遮られた。

「…………」

一体何を言い出す気なのだろうと、高沢が息を詰めて西村を見る。視線を感じた西村は、また目を細めるようにして微笑み、高沢を扱く手を速めてきた。次第に己の雄が硬くなってゆくのがわかる。西村の手で勃起しつつあるという事実は、高沢の許容範囲を超えた事象で、「よせ」と叫び出したくなるのを彼は唇を嚙んで堪えていた。

次第に息が上がってくる。自身の胸の突起が、つん、と勃ち上がっているのが視界に入り、高沢は堪らず目を閉じた。

「……しばらく関西で身を隠していた……東大出のキャリアなんざ、少しもつぶしがきかなくてな、パチンコ屋の店員をしてた。可笑《おか》しいだろ？　この俺が、だぜ」

胸の突起に指先を感じ、高沢は薄く目を開いた。途端に勃ちあがった胸の突起を摘み上げる、西村の繊細な指が目に飛び込んできて、高沢は息を呑《の》むと同時に再び目を閉じ、ひとこと、

「やめろ」

奥歯を嚙み締めたまま低く西村に告げた。

しっかりと口を閉ざしていないと、今にも喘いでしまいそうだった。先ほど高沢をさんざん嬲《なぶ》り者にしたどの男とも違う、西村の手淫はあまりに巧みで、疲れ果てているはずの高沢を一気に昂めていた。

「……お前は知らないかもしれないが、パチンコ屋の店員というのは結構な肉体労働でね、十代の若者に交じって身体を動かすのはなかなか新鮮だったよ。だが、いつまでもやる仕事じゃないなと思っていたとき、岡村組の若い衆から声をかけられてね」

「…………」

岡村組——関西一円を抑えるという暴力団の名が突然出てきたことに驚き、高沢は思わず目を開いた。

「…………」

高沢の視線に、一瞬西村は『しまった』という顔をしたが、すぐにその表情を微笑みで隠すと、

「それでね」

高沢の雄を扱き上げる手を速めつつ、話を続けた。

「……連れていかれた場所に、香村がいたというわけさ。保釈金を積んでもらって出てきたのだそうだ。彼は相当櫻内のことを恨んでいてね、菱沼組の跡目にもまだ色気があって、なんとしてでも櫻内を潰したい、昔のよしみで力になってくれ、そう頼まれたのさ」

「……よせ、西村」

くちゅくちゅと濡れた音が下肢から響いてくることに耐えられず、高沢は西村に何度目かの制止を促す声を上げた。

「やめる気はないよ」

初めて西村と高沢の会話の歯車が合致する。

「……なぜだ」

うそぶく西村に、高沢はまた『なぜ』という問いを発した。が、それは『やめる気はない』といった西村の言葉に対するものなのか、『なぜ』香村の要請を受けたのか、どちらへの問いかけなのか、高沢にもわからなくなっていた。

「……なぜ、香村の言うことを聞く気になったのか……」

西村はそうとったらしい。少しの間言葉を探すようにして黙り込んだあと、高沢を握った手を一瞬離して立ち上がった。

「……よせ」

動きを目で追ってしまっていた高沢の口から、またも制止の言葉が漏れる。立ち上がった西村が己の脚の間へと身体を移動し、高沢の両脚を摑んで開かせたそこに座り込んできたからだった。

「……くっ」

背中に圧されていた両手が、腰を上げさせられたことで更に体重がかかり、痛みが増した。嚙み締めた唇の間から苦痛の声が漏れる。が、その声は、片脚を離した西村が自身のファスナーを下ろし、既に勃起しているそれを引っ張り出したことで、驚愕《きょうがく》の叫びへと変わった。

「西村っ！　なにを……っ」

「……香村のような半端者の言うことを聞く気になった理由を教えてやろうか」

再び西村が高沢の両脚を抱え上げ、晒された後孔に勃ちきった自身を擦り付けてくる。

「よせ……っ」

ぞく、と高沢の背筋を悪寒が走る。またも会話の歯車が嚙みあわなくなりつつあることが彼に恐怖の念を呼び起こしていた。

「……お前に会いたかったからかもしれないな」

嬉しげにしか聞こえない口調で西村がそう言い、にっこりと笑う。同時にずぶ、と彼の先端が高沢へと挿入され、高沢は息を呑んで彼を見上げた。

「…だから俺は、香村に教えた。櫻内のウイークポイントはお前だと……お前を餌に彼を呼び出し、嬲り殺しにすればいいと知恵を授けたのさ。お前を釣りだす囮にも喜んでなった」

「……よせ……西村、頼む……」

複数の男に散々貫かれた身体は、西村の雄も難なく受け入れ、彼が腰を進めるたびにずぶずぶと中へと飲み込んでゆく。

「……確かに……女より余程締まりがいい」

唇を嚙み俯《うつむ》いた高沢の上で、すべてを収めきった西村が、はあ、と大きく息を吐き出しそう笑った。

「……気分は？」

西村が更に高沢の脚を高く上げ、彼へと覆いかぶさってくる。

「……っ」

接合が深まったと同時に、腕を強く押され、痛みに顔を顰めた高沢は顔に西村の息を感じ、薄く目を開いた。

「……俺はもしかしたらずっと……」

近すぎて焦点が合わないところに、西村の黒い瞳があった。唇が触れ合うほど近くに顔を寄せた西村が、目を開いた高沢にまた、嬉しげに微笑んでみせる。

「……もしかしたら俺はずっと……こうしてお前を抱きたかったのかもしれない」

そう告げた西村の唇が高沢の唇を覆う。ぎょっとし顔を背けようとした高沢に、そうはさせまいと西村は強引に唇を塞ぎ続けながら、口内に舌を挿し入れようとしてきた。

「……痛っ」

熱い舌先を感じた瞬間、高沢は堪らず歯を噛み締めていた。痛みと驚きで身体を起こした西村の顔からは微笑がまるで消えている。

つうっと西村の唇の端を、一筋の血が滴《したた》るのを、高沢は呆然と見つめていた。高沢の口の中にも西村の舌を噛んだときの血の味がうっすらと広がり始める。

「……それがお前の答えか」

ぼそりと小さな声で西村がそう告げたかと思うと、次の瞬間には彼は高沢の脚を更に高く上げさせ、激しく腰を使い始めた。

「よせっ……っ……」

激しい突き上げに、高沢の口から苦痛の声が上がる。

「……高沢っ……」

息を切らせながら呼びかけてきた西村の顔を、高沢は苦痛に唇を噛み締めながらじっと見上げた。潤んだ瞳も、紅潮した頬も、見慣れすぎるほどに見慣れた友の顔であるのに、なぜに今、その友が自分を蹂躙《じゅうりん》しているのか——。

高沢の胸にはやりきれぬ思いが渦巻いていたが、次第にうっとりした表情になってゆく西村がそのとき何を考えていたのか、少しの想像もできなかった。

「……くっ……」

西村がびく、と身体を震わせたあと大きく伸び上がる。同時に後ろにずしりとした重さを感じ、高沢は今、彼が己の中で達したのを知った。

「…………」

はあはあと息を乱しながら西村が微笑みかけてきたとき、猛烈な吐き気が高沢を襲った。怒張する雄の質感を求め、己のそこが思い出したようにひくつくのもまた、彼の吐き気を誘う。

チンピラたち何人に突っ込まれようと、耐えることができていた高沢の精神力は今、脆《もろ》くも崩れ落ちようとしていた。

「もう一度……いいだろう」

照れたように笑い、腰を揺する西村の顔を見続けることは高沢にはできなかった。込み上げる吐き気を必死で飲み下しながら、高沢は西村が再び自身の絶頂を目指して腰を打ちつけてくるのを、じっと身を竦ませて耐えていた。

3

西村はもう一度高沢の中で達したあと、高沢の身体を離して部屋を出ていった。

立ち去るときに西村は、着ていた上着を高沢の身体にかけてくれたのだが、その親切がまた高沢の吐き気を誘った。

のろのろと身体を起こし、周囲を見回す。裸電球に照らされた室内には誰もいないことはわかっていたが、己の目でそれを確かめた高沢はようやく安堵《あんど》の息を吐き、再びごろり、とその場に寝転んだ。

自分が犯されているビデオは、既に櫻内に向けて発送されたのだろうか——それを観た櫻内の反応を高沢は想像しようとして、するまでもないかと苦笑した。

無視する以外の選択を櫻内がするとは思えなかった。毎夜、部屋を訪れるという櫻内の態度から、もしや人が言う『寵愛を一身に集めている』とはこのことか、と思わないでもなかったが、いくら『ご寵愛』が篤いにしても、菱沼組五代目襲名よりも大切なものが、今の彼にあるとは思えなかった。

ましてやそれが『自分』とは到底ありえないだろうと高沢は軽く頭を振ると、思考を今後のことに切り替えようと試みた。

櫻内が来ないとわかったあと、香村は自分をどうするだろう――殺すに違いないとしか思えなくて、高沢はまた、考えるまでもなかったかと自嘲《じちょう》の笑みを浮かべた。

香村は高沢が刑事であった頃から、「目の上の瘤《こぶ》だ」と疎んでいたという。櫻内呼び出しの餌にならないことがわかった途端、闇に葬るだろう。

だが高沢とて、おとなしく殺されるのを待つつもりはなかった。生への執着は人並みにはある。なんとか逃げる手立てはないかと、高沢は再び室内を見回したが、やがて小さく溜め息をついた。

まずは後ろ手に嵌められた手錠を外さねばと思うのだが、家具ひとつないがらんとした室内には役立ちそうなものは何もなかった。中央の柱も角のない円柱である。苦労して立ち上がり、ドアの近くまで痛む身体を引きずりながら歩いてみたが、足枷の鎖に阻まれ、一メートル手前までしか行かれなかった。手足の自由を奪われた状態で、ほぼ密閉状態のこの部屋から逃げ出すなど神業《かみわざ》に等しいと高沢はまた小さく溜め息をつくと、その場に座り込んだ。

がちゃり、と鎖が音を立てて撓《たわ》む。後ろに両手を回された姿勢が苦しく、そのうちに座っているのも困難になってきて、高沢はまたそろそろと身体を床へ横たえていった。

「…………」

この場を逃げ出すことなどできるのだろうか――。

高沢は決して楽天家ではなかったが、悲観的な男ではなかった。いかなる困難に遭遇しても、諦めるのは最後の最後、状況がどうにもならなくなったときで、たいていの場合は『なんとかなる』と己に言い聞かせてその場を乗り切ってきた。

だが今回に限っては『なんとも』ならないかもしれない——助かる手立てが何一つ見つからぬことで、彼の胸には絶望感が急速に膨らんでいった。

奇跡でも起こらぬ限り、この部屋を生きて出ることはできないだろう。

奇跡か——一人小さく呟いた高沢の脳裏を、櫻内の黒曜石のごとき煌《きらめ》きをみせる美しい瞳が過《よぎ》った。

「……それはないな」

幻の瞳を暫し追い求めていた自身に気づき、高沢が自嘲の笑みを漏らす。

それにしても今頃、櫻内は何をしているのだろうと思いながら寝返りを打った高沢の脳裏を、再び櫻内の端整な顔が過り、やがて消えていった。

翌朝——といっても窓一つない部屋では、時間の感覚がまるで摑めなかったが、高沢の体内時計が朝であることを告げていた——チンピラの一人が高沢に食事を持ってきた。

「昨夜は楽しませてもらったよなあ」

言いながら若いチンピラが高沢の腕を摑んで上体を起こしたのだが、そうしながら彼は舐めるような視線を未だ全裸のままの高沢へと向けてきた。

「食わせてやるよ」

彼が盆に載せて持ってきたのは、調理パンと牛乳だった。口にパンを押し付けてくるのを、高沢はいらない、と首を横に振って断った。

「勝手にしろよ」

チッと舌打ちしたチンピラが、盆を床に置いて立ち上がる。そのまま部屋を出ようとした男が、最後にちらと己の裸体を見やったのに、高沢は気づかぬふりをした。

空腹を覚えなくはなかったが、敵の施しを受ける気はなかった。

敵か――ボディガードとして契約を結んでいる高沢は櫻内から杯を貰《もら》ったわけではない。組の人間ではないのに、櫻内の敵を己の敵と思うとは、いつの間にか自分もどっぷりと極道の世界にはまり込んでしまったらしい。改めてそのことに気づかされた高沢の胸に、ある種の感慨が広がっていった。

警察をクビになってまだ半年しか過ぎていない。随分自分の考え方もかわったものだと苦笑しかけた高沢の脳裏に、同じ刑事という職業に就いていた西村の顔が浮かんだ。

警視庁の前途有望なキャリアでいながら、香村と癒着し私腹を肥やしていた西村――彼がまっとうな道から足を踏み外したきっかけは、一体なんだったのだろうか。

高沢は西村を高校生の頃から知っているが、ヤクザと癒着し甘い汁を吸っていたという事実を目の前にしても、とても彼がそんな倫理観の欠如したことをしたとは思えなかった。青いくらいに正義を語っていた瞳は真剣で、淡々と日々を過ごしていた自分には眩《まぶ》しくさえ見えたものだ。

その西村がどうして――わからないと高沢は首を横に振ったが、西村が悪の道に手を染めた以上にわからないことが、彼にはあった。

西村は一体どういうつもりで自分を抱いたのだろう――。

『もしかしたら俺は……ずっとお前を抱きたかったのかもしれない』

荒々しい行為にはまるでそぐわぬ穏やかな笑顔で彼が告げた言葉が、高沢の脳裏に蘇《よみがえ》る。

あの言葉は真実だったのだろうか。西村はずっと自分に対して劣情を抱いていたというのか。

「…………」

高沢は西村との付き合いをざっと思い返した。が、西村の行動や素振りにそのような気配はなかったとしか思えなかった。誘われて飲みに行くことはよくあったが、己の理想を熱く語ったり、高沢に仕事の話をさせたり――新宿西署の捜査四課で暴力団取り締まりを主たる任務にしていた高沢から情報を得ようとしていたと気づいたのは、高沢が警察を辞めたあとだったが——と、会話は殆ど仕事のことばかりで、互いのプライベートや、それこそ恋愛沙《ざ》汰《た》など、一度たりとて話題に上ったことはなかったのではないか。

己の両脚を抱え上げ、激しく突き上げてきた西村の端整な顔が高沢の脳裏に蘇り、また彼の吐き気を誘う。

チンピラたちに犯されていたときにも勿論、嫌悪感も苦痛もこれ以上はないというほど味わわされていたが、西村に抱かれたという事実は、高沢を彼らしくなく動揺させていた。

動揺——としかいいようがない感情だった。吐き気は嫌悪を表すのだと思うが、『嫌悪』という言葉では片付けられない何かが、高沢の感情を支配していた。

チンピラたちの行為の最中、勃起し射精してしまうのは男の性《さが》として仕方がないと、高沢は気にもしていなかったが、西村の突き上げに己の身体が熱く滾《たぎ》った瞬間には、自分自身に対して尽きぬほどの嫌悪感をもった。西村の雄が己の中で硬さを増し、激しく突き上げてくる彼の顔が快楽に歪むのを目の前にした高沢の胸には、やめてくれと叫びたくなるようなたまらない気持ちが渦巻いていた。西村が自分に欲情しているという事実に、高沢は耐えられなかったのだ。

それは一体なぜなのか——友だと思っていただけに裏切られたような気持ちになるからだろうか、と高沢は己の心に問いかけたが、答えは何も浮かんでこなかった。

数時間後、朝、高沢に食事を持ってきたのと同じ若いチンピラが、再び彼に食事を届けにきた。

「ほらよ」

寝転んだままの高沢に男が示してきたメニューはまた、調理パンと牛乳だった。コンビニでよく売っているコッペパンに具がはさんであるもので、朝はメンチカツだったが今、チンピラが差し出してきたのはフランクフルトをはさんだものだった。

いらない、と高沢は首を横に振りながら、男の腕時計の針を見た。ヤクザは下っ端でも時計に金をかけるというが、この若いチンピラも例外ではなく、有名ブランドのクオーツをしていた。時刻は四時二十分で、明け方ではなく午後だろうと高沢は当たりをつけた。

新宿で拉致されたのが昨日の昼過ぎ、ここ、大阪に——確か千里だと昨夜香村が言っていた——運ばれたときには気を失っていたからはっきりした時間はわからないが、車で移動したとなると夜にはなっていただろう。

拉致されてからほぼ一日が経ったというわけか、と高沢は心の中で呟き、チンピラに背を向けたまま目を閉じた。昨日からの怒濤《どとう》のような出来事が頭に浮かんでは消える。

凌辱《りょうじょく》された場面を撮ったビデオは既に櫻内の手にわたっているだろうか。櫻内の五代目襲名まで一週間を切った今、香村が焦らぬわけがない。下手《へた》をしたら昨夜のうちに誰かが届けにいったかもしれない——そんなことをぼんやりと考えていた高沢は、不意に肩をつかまれ驚いて目を開いた。

「……っ」

　ぐいっと肩を引かれ、仰向けにさせられた途端、若いチンピラの変に紅潮した顔が高沢の視界に飛び込んできた。

「……無視してんじゃねえよ」

　押し殺した声でそう言う男の目がぎらぎらと光っている。最初高沢は目の前のチンピラは自分に対して怒りを覚えているのだろうと思ったのだが、男のぎらついた目が語っていたのは怒りではなかった。

「なんとか言えよ、おらぁ」

　言いながら男の目が舐めるように高沢の顔から胸、そして下肢へと移ってゆく。どこか興奮した息遣いにまず気づき、続いて服の上からもはっきりとわかる男の股間《こかん》の膨らみに高沢は気づいた。

　彼が感じていたのは怒りではなく欲情だったのかと察した高沢は一瞬身構えた。が、すぐに、いくら身構えようが結果は同じかという諦めが彼を襲った。

「そういやよ、昨夜もちっとも声は上げなかったよなあ」

　男は既に己の欲望を隠そうとしていなかった。はあはあと息を乱しながら、ゆっくりと高沢へと覆いかぶさってくる。

「………」

よせ、と言おうとしたとき、チャリ、という微かな金属音が高沢の耳に響いた。もしやと己の首筋を舐め上げてくる男の肩越し、彼の尻ポケットを見るとキーホルダーから鍵が一つ飛び出している。

多分この部屋の鍵だろう。朝もこのチンピラが食事を運んできたところをみると、自分の世話を任されているのかもしれない――一瞬のうちにそこまで考えた高沢は、男が息を乱しながら己の胸を舐り始めたその顔を見下ろした。

「……………」

賭《か》けてみるか――手足の自由を取り戻すことさえできれば、道は開けるかもしれない。まるで自信はなかったが、高沢は大きく息を吸い込むと心の中でよし、と呟きやがて小出しに息を吐き出していった。

「ん……っ……ぁっ……」

チンピラの舌が胸の突起を舐め上げるのに合わせて、小さく喘ぎ、腰を緩くくねらせてみせる。

「……お」

チンピラはすぐに気づいたようで、顔を上げると高沢を見上げ、にやりと笑いかけてきた。

「ふふ、感じてんのか」

「…………」

うん、と小さく高沢は頷き、もどかしげにまた腰をくねらせる。自分の姿を想像すると噴《ふん》飯《ぱん》ものではないのかという不安が高沢を捉えたが、チンピラは笑うどころかますます欲情を煽られたようで、高沢の胸にむしゃぶりついてきた。

「あ……っ……はぁっ……あっ……」

男の掌がもう片方の胸を撫で上げるのに、耐え切れぬようにまた声を上げる。両脚を広げ、腰を浮かせて男を誘いながら、高沢は今度は苦しげに呻いてみせた。

「なんだよ」

すっかり興奮したらしい男が紅潮した顔を上げ、高沢に問いかけてくる。

「腕が……」

「腕？」

掠れた声を出したあと、高沢は更に脚を広げ、両膝を立てて男を見上げた。ごくり、と男が生唾を飲み込む。

「……こうすると……腕が背に押されて……痛い……」

言いながら高沢が少し腰を上げてみせたのに、男は下卑た笑いを浮かべると、

「確かに痛そうだなあ」

納得した声をあげ、高沢の肩に手を伸ばした。両肩を摑んで起き上がらせたあと、後ろに回り込んで手錠の鍵を外す。

「お」

再び男が前に回り、手錠を嵌めようとするより前に、高沢は男の首に縋《すが》り付き、両脚をその背に回した。服越しに感じる男の怒張した雄に、己の下肢を擂《す》り寄せる。

「……待ってろって」

男の声こそ切羽詰まっていたが、そこまで理性は失われていないようで、高沢の身体を引きはがし、手錠を嵌めようとした。が、そのときには高沢の手刀が綺麗に男の首に入っていた。

「……っ」

男は声も上げずにその場に崩れ落ち気を失った。

「…………」

はあ、と高沢は溜め息をつくと、急いで男の尻ポケットを探った。予想どおり、キーホルダーにはいくつも鍵がついていた。足枷の鍵を探し出して外したあと、高沢は男の服を剝《は》ぎ取り、己に嵌められていた手錠と足枷を男に嵌めた。手早く男の服を身につけ、改めて室内を見渡す。室内には監視カメラのようなものはないようだと安堵の息を漏らすと、高沢は音を立てぬように金属の扉を開け、そっと部屋を抜け出した。

一歩歩くごとに全身に疼痛《とうつう》が走ったが、立ち止まるわけにはいかなかった。部屋の入り口には監視カメラがついていたが、顔まではわかるまいと高沢は不自然にならぬようカメラを避けつつ出口と思われる場所目指して足を進めた。

どうやら高沢のいる場所は建物の地下らしかった。人の家とは思えぬほどに敷地面積が広い。足音を忍ばせながら、地上への階段を探していた高沢の目に「非常口」という表示灯が映った。

それにしても静かだ——まるで無人のようではないかと思いながら、高沢はそろそろと階段を昇り始めた。

踊り場まで昇り終えたとき、高沢は微かな違和感を覚え、思わずその場で足を止めた。

「………?」

嗅ぎなれた硝煙《しょうえん》の匂《にお》いが、高沢の鼻腔《びこう》を微かに擽《くすぐ》ったのである。多分ここは香村の隠れ家なのだろう。武器を持った若い衆がいて当然なのかもしれないが、高沢が感じたのは発砲されたばかりの銃弾の匂いだった。

近くに敵がいるのだろうか——相変わらず身体はいうことを聞いてくれなかったが、舌打ちしてはいられなかった。高沢が服を剝ぎ取ったあの見張りの男は、武器となるようなものを何一つ身につけていなかった。身を守る術《すべ》は何もない、と高沢は更に用心しながら、そろりそろりと足音を忍ばせ、階段を昇り始めた。

地上に近づくにつれ、硝煙の匂いとともに、あまり嗅ぎ慣れぬむっとする匂いがあたりに充満し始めた。

この匂いは——慣れぬといってても嗅いだことがないわけではなかった。が、あまりに匂いがきつすぎて、まさか、という思いが先に立ってしまっていた。

階段を最後まで昇りきったとき、目の前に開けた凄《すさ》まじい光景に高沢は言葉を失い暫《しば》し立ち尽くした。

階段を昇りきったところがまた踊り場になっており、左右に廊下が続いている。その踊り場も廊下も床という床が全て血の海で、数名のチンピラたちが絶命していた。

高沢が嗅いだのはむっとくるこの血の匂いだった。これだけの流血を伴う事件は、現職時代にも二、三度しか現場に立ち会ったことはない、と思いながら高沢は出口と思われるほうへあたりをつけ、死体の傍を通り抜けて廊下を折れる。

「……っ」

またも高沢は驚きのあまり足を止めてしまった。彼の目の前に開けていたのは、ごろごろとそこかしこに転がる死体の山だった。

銃創からするとマシンガンで撃たれたもの、拳銃で撃たれたものと色々といるようだった。刀傷を受けた者もいる。が、どの死体も絶命してからそれほど時間は経っていないようだった。

捕らえられていた地下室には防音設備が施されていたのか、これだけの銃撃戦にまるで気づかなかったことに驚いていた高沢は、人の気配を背後に感じ、はっと我に返った。

「…………」

靴音を隠そうともしない堂々とした足取りで、誰かが近づいてくる。身の危険を感じた高沢は周囲を見回し、絶命したチンピラが握っていた拳銃を手から奪い取ると構えながら振り向いて――。

「……あ……」

目の前に現れた、思いもかけない――だが、あまりに見慣れた男の顔に驚きのあまり絶句してしまった。

「……捜したぞ」

見惚れるような微笑を浮かべ、高沢に向かい手を差し伸べてきたのはなんと、櫻内だったのだ。

高沢が絶句したのは櫻内の登場に驚いたからというだけではなかった。目の前の櫻内は、笑顔こそいつもの見惚れるほどに美しいものだったが、顔といい服といい、血飛沫《ちしぶき》がこれでもかというほどに飛んでいたのである。

血塗れの姿であるというその凄惨《せいさん》さがまた櫻内の美貌を、この世のものとは思えぬほどに引き立てていた。

「……どうして……」

高沢の手から銃が落ちる。

櫻内は問いには答えず、無言で高沢へと近づいてくるといきなり彼の身体を肩に担いだ。

「……おい」

高沢が慌てた声を上げたとき、

「組長、準備できました」

ばたばたとやかましい足音を立て、またも聞き覚えのある男のがらがら声が周囲に響き渡った。

「ご苦労」

「あ！　あんたっ！　無事だったのか！」

櫻内が振り返り声をかけたのと、がらがら声が驚いたように張り上げられたのが同時だった。

「……早乙女……」

駆け込んできたのは早乙女だった。彼もまた、全身に返り血を浴びている。

「行くぞ」

早乙女が高沢に色々と問いかけようとするのを無視し、櫻内は踵《きびす》を返すと、人一人担いでいるとはとても思えない素早い動作で廊下を駆け始めた。早乙女が慌てて櫻内のあとを追う。

玄関を出たところに車が停まっていた。運転手は高沢も顔なじみの神部《かんべ》で、三人が乗り込むとすぐに車を発進させた。

助手席には早乙女が座り、高沢は櫻内とともに後部シートに身体を沈めた。自分が捕らえられていた場所を見ようと高沢が振り返ったそのとき、

「……あっ」

物凄い爆音がしたと同時に、広大な敷地に立てられた瀟洒《しょうしゃ》な家の中央に火柱が上がった。ぼおん、ぼおんと爆音が響くたびに、あちこちで火柱が上がる。

早乙女が言っていた『準備』とはこのことだったのか、と高沢は前へと視線を戻し、助手席で嬉々《きき》として時限装置のスイッチを入れている彼の姿を見やった。

「見せてみろ」

と、そのとき横から不意に手が伸びてきたかと思うと、高沢の両頬を櫻内の掌が包み、顔を覗き込んできた。

「殴られたのか」

「……ああ」

櫻内の白皙《はくせき》の頬に飛んだ血は既に乾き始め、どす黒く変色しつつあった。痣《あざ》のように見えるその血飛沫の痕《あと》は少しも櫻内の美貌を損ないはせず、かえって壮絶なまでの美しさを醸し出していて、高沢は暫し、見慣れたはずの櫻内の顔にぼうっと見惚れてしまっていた。

「……怪我は？」

「……大丈夫だ」

唇にも血飛沫が飛んでいた。薄紅く色づく唇の内側、口内の紅さにまた高沢の目は引き寄せられたが、

「そうか」

櫻内が薄く微笑んだあとは彼の唇は綺麗に引き結ばれ、開くことはなかった。いつの間にか頬にあった指も消えている。そのまま櫻内は一言も喋らず、車内には不自然なほどの沈黙が流れた。

それにしても物凄い死体の数だったと高沢は建物内を思い出し、ちらと傍らに座る櫻内を、そして助手席の早乙女を見やった。運転手の神部は運転はプロだが、喧嘩《けんか》はからきし弱いといつか早乙女に聞いたことがある。後続の車がいるでもないところを見ると、他の組員たちは同道していなかったのだろうか。

となるとあの大量殺戮《さつりく》は、櫻内と早乙女の二人で為《な》したということになるのか——？　問うてみようかと高沢は口を開きかけたが、会話を始めるには沈黙が長すぎた。

建物を爆破したのは証拠隠滅を図るためだったのかと、それも問うてみたかったが、高沢にそのチャンスは訪れなかった。

関西方面の地理には疎い高沢は、車がどこへ向かっているのかまるでわかっていなかった。『神戸《こうべ》・三宮《さんのみや》』と書かれている標識を通り過ぎて初めて、高沢は自分が東京に戻るのではないことを知った。

車は六甲山《ろっこうさん》近くの、広大な敷地を持つ日本家屋の前で停まった。神部が車を降り、インターホンを鳴らしにいく。

「…………」

どこだ、と高沢が櫻内に目で問うと、櫻内は顎《あご》で表札を示した。

『八木沼』

堂々とした筆文字で書かれたその名は、関西一円を手中に収める日本最大の広域暴力団、岡村組の若頭のものだった。

どういうことだと問おうとしたときには、目の前の門が開き始めていた。神部が運転席に戻り、ゆっくりと車を中へと入れる。

まるでどこぞの名所のような、美しい広々とした庭を通り抜けたところに、重厚な雰囲気を湛《たた》えた平屋の日本家屋が建っており、前にずらりとひと目でヤクザ者だとわかる様子の男たちが控えていた。神部が車を停めると、男たちが車を取り囲み、丁寧な動作で全てのドアを開いてくれた。

「…………」

ドアが開くと櫻内は一人で車を降り立った。高沢も反対のドアから外へ出る。血まみれの櫻内と早乙女を見ても、男衆の顔色はかわらなかった。

「こちらです」

中でも一番りゅうとした形《なり》の若者が櫻内の前で深々と頭を下げ、建物の中へと彼を誘《いざな》った。

「行くぞ」

櫻内は高沢を振り返り、ひとことそう言うと先に立って歩き始める。疼痛の残る身体を引き摺るようにして高沢がそのあとに続き、更にそのあとを早乙女がついて歩いていった。

「大丈夫かよ」

高沢の足取りが覚束ないのに、後ろを歩いていた早乙女が気づいたらしい。心配そうな顔で問いかけてきたのに、高沢は肩越しに彼を振り返り、「ああ」と頷いてみせた。

「おぶってやろうか」

「大丈夫だよ」

その場で本当に背負いかねない勢いを察し、高沢が慌てて首を横に振ると、早乙女はなぜか酷く安心した顔になった。

「…………？」

どうしたのだと高沢が首を傾げると、

「いや、元気そうで安心した」

早乙女が照れたような顔になり、ばりばりと頭をかいて笑った。どういう意味だと高沢が問い返そうとしたとき、

「早乙女、場所をわきまえろ」

前を歩いていた櫻内の厳しい声が響いてきて、途端に早乙女は百九十センチ近い巨漢を縮こませると、小さく詫《わ》びた。

「すみません」

「わかればいい」

櫻内は相変わらず振り向きもしない。相当機嫌が悪いのだろうと思った高沢の胸は、自分でも驚くほどにずきりと大きく痛んだ。

旅館を思わせる広大な屋敷の、最も奥まった部屋まで連れていかれた先には、この家の主、八木沼賢治《けんじ》がいた。まるで外国人のように両手を広げて三人を出迎える。

「このたびは、お世話になります」

深々と頭を下げた櫻内を前に、八木沼は大きな笑い声を上げた。

「早速テレビのニュースでもやっとったでえ。えらい派手にやったやないか」

あっはっは、と楽しげに笑いながら、櫻内の肩をバンバンと叩く彼と櫻内は、兄弟分の杯を交わし合った仲なのだと、以前高沢は早乙女に教えられた。

日本最大の規模を誇る広域暴力団岡村組の若頭——次期組長に最も近いところにいるといわれるこの八木沼は、今年四十五歳、人の上に立つ者特有の風格をもつ美丈夫だった。いかにもヤクザ映画に出てきそうな渋い二枚目である。身だしなみには人一倍気を遣っているとのことで、一筋の乱れもない髪型に、ここは自宅だというのにビシッと高級感溢《あふ》れるイタリアブランドのスーツを身につけていた。

かつて大阪の刑務所での服役中に櫻内と出会い、最初はその美貌に惚《ほ》れ込み、やがてその『漢《おとこ》』ぶりに惚れ込んで兄弟杯を交わしたのだという。絵になる二人が談笑する様を半ば呆然としながら眺めていた高沢は、やがて二人の会話の内容にぎょっとすることになった。

「香村の隠れ家、二、三十人はおったんちゃうか？　皆殺しか」

「いえ、香村と幹部には早々に逃げられました。結構大所帯で、四、五十人はいたかと」

まるで世間話でもするかのような口調で尋ねた八木沼に、日常会話そのものの淡々とした口調で櫻内が答えている。

「まさかこの若い衆と二人で乗り込んだ、ゆうんやないやろうな」

「そのまさかです」

「ほんまかいな」

八木沼が驚きの声を上げるのと同時に高沢も思わず「え」と小さく声を漏らしてしまった。あの死体の山をたった二人で築いたことにも驚いたが——後に早乙女から、『二人』ではなく櫻内がほぼ一人で暴れた結果だと教えられ、高沢は更に驚きに目を剝《む》いた——自分の命を狙う敵地に乗り込むにはあまりに無防備だと思ったからである。

「久しぶりに血が騒ぎました」

艶然《えんぜん》と微笑む櫻内を八木沼は暫し呆然と見つめていたが、やがて、

「ほんま、とんでもないやっちゃなあ」

高らかに笑い声を上げると、また櫻内の肩をバシッと叩いた。と、櫻内はまた表情を引き締め、

「……証拠は残してこなかったはずですが、万が一ご迷惑をおかけすることになりましたら申し訳ありません」

言いながら深く八木沼の前で頭《こうべ》を垂れる。

「かまへんかまへん。ちゅうか今回のことはコッチにも責任があるんやさかい」

却《かえ》って申し訳ないと思うとるわ、と八木沼も真面目な顔になり、櫻内の前で頭を垂れた。

「兄貴、頭上げてください」

櫻内が彼にしては珍しく慌てたた口調になり、八木沼の腕を摑む。

「まあ、コッチの始末はワシの方でつけるわ。香村のガキもふんづかまえたる」

「……ありがとうございます」

櫻内は八木沼にまた頭を下げると、ちらと高沢を見た。八木沼も彼の視線につられたように高沢を見る。東西を代表する二人の極道の視線を一気に集めることとなり、高沢はこれから何が始まるのかと知らぬ間に身構えていた。

櫻内はそんな高沢からすぐに視線を八木沼へと戻す。

「重症は負っていないそうです。助け出すより前に自力で逃げ出してきました」

「さすがはお前の愛人や。只者《ただもの》ではないな」

あはは、と八木沼が笑うのに、「ええ、まあ」と櫻内も苦笑したあと、また彼は八木沼の前で深く頭を下げた。

「先ほどお願いしたとおり、当分の間、あれをよろしく頼みます」

その言葉に、高沢は驚き、どういうことだと櫻内を見たが、彼の視線が戻ることはなかった。

「まかせとき。ゆっくり養生させたるわ」

八木沼は明るくそう答えたあと、「な」と高沢へと視線を向ける。

話が見えない、と高沢が彼らに向かって一歩を踏み出したとき、櫻内が八木沼に一礼した。

「……あの……」

「それではまた」

「おお、今度会うのは襲名披露の日やな」

八木沼が笑顔で櫻内の肩を叩く。櫻内も笑顔で八木沼に「そうですね」と答え、そのまま二人は高沢の前を通りドアへと向かった。

「どないして帰るつもりや」

「ヘリを手配しました。明日の早朝には東京で外せない用がありましてね」

まるで高沢など目に入っていないかのように、二人の会話は続いてゆく。

「それじゃあまたな」

早乙女だけが最後に振り返り、なんともいえない顔でそう囁《ささや》くと、慌てて櫻内のあとを追っていった。

八木沼と一緒に彼の若い衆も部屋を出てしまい、ドアが閉まったあと室内には高沢一人が残された。

一体どういうことだ、と高沢は呆然とその場に立ち尽くしてしまっていた。

櫻内はこれからヘリで東京に帰るのだという。ここに自分を残したまま——。

「…………」

助けにきてくれたのだとばかり思っていた。実際、助けに来てくれたのだろうが、なぜ東京へと自分を連れ帰らないのだろうと思う高沢の脳裏に、櫻内の端整な横顔が浮かんだ。

香村の隠れ家を出て以来、櫻内は殆ど自分に対して横顔を向けていたということに、改めて高沢は気づいた。

正面から自分をじっと見据えたのは一瞬であったと——。

その瞬間、高沢の胸には自分でも思いもかけぬほどの痛みが走り、思わずシャツの前を彼は握り締めてしまった。普段は着ない手触りのそれが自分を犯したチンピラのものであったということに改めて気づき、シャツを離した高沢の頭に、ふとある考えが芽生える。

他の男に凌辱された自分を、櫻内はもう抱かないかもしれない。

「……馬鹿な」

またも胸に差し込むような痛みが走ったのに動揺した高沢の口から、自分でも驚くような高い声が漏れていた。

「馬鹿な……」

胸に渦巻くやり場のない憤りを鎮めようと、高沢は再び同じ言葉を繰り返す。

一体どうしてしまったというのかと高沢は無人の室内を突っ切り、窓辺へと向かった。遠く車のエンジン音が聞こえる。目を凝らして外を見たが、車寄せとは真逆を向いているその窓からは、美しい日本庭園しか見ることはできなかった。

『当分の間、あれをよろしく頼みます』

当分の間というのは、一体いつまでをさすのだろうと思う高沢の胸にまた、差し込むような痛みが走る。どうかしていると溜め息をついた彼の脳裏に、全身に血飛沫を浴びた櫻内の壮絶なまでの美貌が浮かび、やがて消えていった。

4

八木沼《やぎぬま》はすぐに若い衆を引き連れて高沢《たかざわ》のいる部屋へと戻ってきた。

「ほんま、えらい目に遭ったそうやなあ」

心底同情した顔でそう言い、高沢の肩を叩《たた》く。

「……はあ……」

答えようがなく俯《うつむ》いた高沢に、

「まずは風呂でも入って、ゆっくりするとええわ。腹は減っとらんか？」

八木沼はにこにこと笑いながらそう話しかけてきて、高沢を恐縮させた。

「……大丈夫です」

「大丈夫には見えへんで。遠慮することないよって」

はは、と八木沼は高く笑ったあと若い衆を振り返り、

「風呂は」

と一言尋ねた。

「準備できとります」

直立不動になった若者が元気よく答えたのに、「さよか」と八木沼は頷《うなず》くと、

「まずは風呂や。そのあと食事の用意をさせるよって」

な、と高沢の背を促し、部屋を出ようとした。

「……あの……」

「なんや」

このまま八木沼の親切な申し出を受けてしまっていいものかと躊躇《ちゅうちょ》し足を止めた高沢の顔を、八木沼が覗《のぞ》き込んでくる。

「……申し訳ありません」

世話になる礼と、面倒をかける謝罪とどちらを口にしようかと迷ったあと、謝罪の言葉を選んだ高沢の背を、破顔した八木沼が勢いよく叩いた。

「ほんまあんた、ええ味だしとるわ」

「……え？」

あはは、と八木沼は高らかに笑い、バンバンと高沢の背を叩き続ける。自分の何が八木沼の笑いのツボに嵌《はま》ったのだろうと首を傾《かし》げた高沢の訝《いぶか》しげな顔を見て、八木沼の笑いは止まらなくなった。

「おもろいわ」

「……あの……」

「いやあ、えらい目に遭《お》うたと聞いとった割りには、ほんま動じてへんのがなんやおかしゅうてなあ」

かんにんかんにん、と八木沼は笑いながら高沢の背を強く促し、彼を部屋から連れ出して新たな部屋へと案内した。

「まあ、むさくるしいところやけど、静かっちゅうことだけは保証するわ」

『むさくるしい』どころか、高級旅館でもここまで凝ってはいないだろうという造りの和室に、高沢は暫《しば》し呆然《ぼうぜん》と入り口の前で立ち尽くしてしまった。

贅《ぜい》を凝らした、という言葉がこれほど相応《ふさわ》しい部屋はなかった。床の間の飾り一つとってみても、美術館にでも置いてありそうな高級感が漂っている。今張り替えたのではないかと思われるほど青々とした畳の上を八木沼はずかずかと進んでいき、部屋の奥にある襖《ふすま》を開いた。

「風呂はここや。ああ、せや」

思いついたように、後ろをついてきた高沢を振り返った八木沼の顔に、悪戯《いたずら》っぽい笑いが浮かんだ。

「はい？」

「一人で入るのがしんどい、言うんやったら、女の二、三人もつけたるけど」

「……遠慮します」

高沢が即答したのに、八木沼は「さよか」と笑うと、

「ほな、またあとでな」

彼の背をまたバンと叩き、若い衆を連れて部屋を出ていった。

「…………」

室内に二名、若い衆が残っているのに高沢が目をやると、

「何かお手伝いいたしましょうか」

大真面目な顔でより若く見える一人の男がそう尋ねてきた。

「……いや……」

何を『手伝う』というのかと訝りながらも高沢が首を横に振ると、

「そしたら、外にいますよって。なんぞありましたら声、かけてください」

しゃちほこばった仕草で男はそう言い、高沢に深く頭を下げて部屋を出ていった。

「…………」

自分の世話係をおおせつかったというわけか、と高沢は彼らの後ろ姿を見送ったあと、脱衣所で服を脱ぎ、浴室の戸を開けた。

もわっとした湯気に煙る浴室は、それこそ高級旅館の大浴場そのものだった。五人は余裕で入れるのではないかという広々とした浴槽は檜《ひのき》作りで、洗い場も広々としていた。

「…………」

どうやら高沢が通された部屋は、八木沼がそれこそ彼にとってのＶＩＰを持て成す部屋であったらしい。洗い場の片隅に置かれた特殊浴場でよく見かける椅子が目に入ったとき、高沢はそれで『女』か、と察し、そういう趣向を好む客もいるということなのだろうと納得した。

まずは身体《からだ》を洗いたいと高沢はシャワーへと向かった。勢いよく迸《ほとばし》るシャワーの下に身体を据え、頭から湯をかぶる。

ところどころ湯が染みるのは、凌辱《りょうじょく》されたときにできた擦り傷と思われた。身体にこびりつく残滓《ざんし》を洗い落とすのは不快な作業でしかなかったが、高沢はできるだけ頭を空っぽにし、淡々と手を動かし続けた。

石鹸《せっけん》の泡を流したあと、ようやく高沢は浴槽へと身体を沈めた。

「…………」

やや熱い湯が手足の先までじん、と染み渡るような感覚に、高沢は大きく息を吐く。地獄から極楽か――彼にしてはおちゃらけたことを考えながら、両手で湯を掬《すく》って顔を洗う。助かったのだ、という実感が今更のように高沢の胸に迫り、再び高沢は、はあ、と大きく安堵《あんど》の息を吐いた。

食事をとらずにほぼ一日を過ごしたからか、軽い湯あたりを起こしそうになり、高沢は早々に風呂を出た。脱衣所からは彼の着ていた服は綺麗《きれい》に消えていて、かわりに真新しいバスローブが用意されていた。これを着ろということかと袖《そで》を通し、脱衣所から部屋に戻ると、室内には先ほどの若い衆が二人控えていて、高沢を見ると深く頭を下げてきた。

「組長が、よろしかったらお食事を、と申してますが」

「お疲れのようでしたら断ってもらってもかまわない、とのことです」

舞台の台詞《せりふ》のような大声でそう言う二人を前に、高沢は瞬時唖然《あぜん》となったが、空腹を覚えていたこともあり、

「お願いします」

と言葉少なく答えた。

「かしこまりました」

「それでは着替えをお持ちします」

男たちはまたも台詞のような仰々しさで答えると、一人が部屋を駆け出して行った。

「……食事はどこで？」

残った男に高沢が尋ねると、

「今、大広間に用意させているとのことです」

やや関西弁の混じった大真面目な口調で男が答えた。『大広間』ということは同席するのは自分だけではないのかと首を傾げたとき、

「失礼します」

襖の向こうから大きな声が響いたと同時に、先ほどの若い男を先頭に数名の女たちが入ってきて、高沢は何事かと驚き彼らを見た。

「お召しかえを」

女たちはそれこそ旅館の仲居のように、そろいの着物を着ていた。先頭の一人が浴衣《ゆかた》を掲げている。

「自分で着ますので」

高沢がそう言うと、彼女たちは一瞬目を見交わしたあと、

「そしたら、帯結ぶときには声かけてください」

そう言い、ぺこりと頭を下げて高沢の前から下がった。

「…………」

目の前に若い男衆はいたが、彼らの目を気にして脱衣所まで戻るのもどうかと高沢は思い、その場でバスローブを脱ぎ捨てると用意された下着を身につけ、浴衣を羽織った。

帯は確かに自分ではどうにもならなそうであったので、「すみません」と声をかけるとすぐに襖が開き、高沢が何を言う前から合わせを直したあと、器用な手つきで帯を結んでくれた。

「ありがとうございます」

礼を言う高沢に女が深く頭を下げてまた部屋を出てゆく。

「こちらです」

支度を終えた高沢に若い衆が声をかけ、彼らの後について高沢は部屋を出た。

一体この屋敷はどれだけの広さがあるのだろうと舌を巻くほどに、長い廊下を歩いた先に、男の言う『大広間』はあった。

「よう似合うやないか」

八十畳はあろうという大きな和室の床の間の前に、広いテーブルが用意されており、上座に八木沼が座っていたが、席は二つしか用意されていなかった。

「神戸言うたらやっぱり肉やろ。まあ、粥《かゆ》かなんぞの方がよければ言うてや。すぐ用意させるよって」

こっちや、と八木沼は高沢を手招きすると、自分の隣に用意させた椅子へと彼を座らせた。

オードブルの類《たぐい》がテーブルには溢《あふ》れていたが、やがてジュウジュウという焼き音を立てて、鉄板に載せられたステーキがシェフたちの手によって運ばれてきた。

「…………」

三百グラムはありそうな量に圧倒された高沢が絶句する横で、

「やっぱり肉はミディアムレアが一番美味《うま》い、そう思わんか」

明るく笑いながら八木沼が肉にナイフを入れる、赤い肉汁が染み出すのに、一日食事をとっていなかった高沢は一瞬、うっとなったが、

れた。

「大丈夫か」

気づいた八木沼に問いかけられたときには、「大丈夫です」と答え、彼も肉にナイフを入
「無理することないで」

ステーキを口に運ぶ高沢に、八木沼が心配そうに声をかける。

「美味いです」

一口食べたあと、世辞ではなく美味だと思い高沢がそう微笑《ほほえ》むと、八木沼は一瞬驚いたように高沢を見た。

「……あの?」

どうしたのだと高沢が眉《まゆ》を顰《ひそ》めて尋ねると、八木沼は我に返ったような表情になった。

「なんでもないわ」

そして酷《ひど》く照れたような顔をして笑ったあと、今度は高沢にワインを勧め、

「ワシもそんなに造詣《ぞうけい》が深《ふこ》うはないんやけどな」

これは絶品らしいで、と、多分店で飲むと軽く六桁《けた》はいくであろう赤ワインを、惜しげもなく高沢の前のグラスに注《つ》いでくれた。

食事中、食に関する話題くらいしか交わさなかった八木沼だが、場所を変えよう、と高沢を彼の私室へと連れてゆき、人払いをしたあとに、

「どないや」

改めて高沢の体調を尋ねてきた。

「……ありがとうございます。大丈夫です」

八木沼の私室は毛足の長い絨毯《じゅうたん》を敷き詰めている洋室だった。総革張りの高級感溢れるソファで二人向かい合わせに座り、用意させた食後酒を手に問いかけてくる八木沼の顔は、酔いに少し紅潮し、潤んだ瞳が男くさい彼の容貌《ようぼう》をまた引き立てていた。

「櫻内《さくらうち》が言うとったが、自力で逃げ出した言うんはほんまか？」

「部屋の外までは……ただあの建物内に四、五十人もいたとなると屋外へは出られなかったと思いますが」

淡々と答えた高沢に、八木沼が酒を吹きそうになった。

「……見してみい」

グラスをテーブルへと戻すと、高沢に手を伸ばしてくる。

「？」

手を見せろということかと高沢もグラスを置き、右手を差し出すと、八木沼は彼の腕を摑《つか》

み、浴衣の袖を捲《めく》った。

「……手錠の痕《あと》やないか」

未だに赤く残る痕を、つうっと八木沼の指が辿《たど》る。

「ええ」

ぞく、と身体の芯《しん》が震え、答える声が掠《かす》れたのに、高沢が慌てて咳払《せきばら》いをしたのを見て、

「あかん、変な気分になりそうや」

八木沼はあまり冗談とも思えない口調でそう言い、高沢の手を離した。

「手錠かけられとったのに、よう逃げ出してきたなあ」

「……ええ、まあ……」

とても色仕掛けを使ったとは言えないと俯き、再びグラスを手にとった高沢を見る八木沼の目が細まる。

「……まあ、ゆっくり静養してきや。必要なモンがあったら何でも言うてくれたらええさかい」

な、と八木沼もグラスを取り上げ、乾杯、というように目の高さまで上げてみせた。

「ありがとうございます」

それに高沢は深く頭を下げて答える。

「そないな遠慮はいらんて。もともと、ウチらの組のいざこざが原因みたいなもんや。あん

たには却《かえ》って申し訳ないことした、思うとるんやで」

八木沼はそう言うと、一気にグラスを呷《あお》ったあと、手を叩いた。途端に室内に数名の若い衆が現れ、八木沼のあいたグラスを下げたかと思うとすぐに新しいグラスを持って来て、また部屋の外へと去っていった。

「……はあ……」

そういえば、と高沢は西村《にしむら》が『岡村組《おかむらぐみ》』の名を出したことを思い出した。パチンコ屋で働いていた彼に声をかけたのが、岡村組の若い衆だったという話である。それを八木沼に言うと、八木沼は、

「やっぱりなあ」

と酷く苦々しい顔になり、高沢に事情を説明してくれた。

「今回の黒幕は、岡村組の四条《しじょう》いう若頭補佐なんやけどな。そろそろ岡村組も代替わりやいう雰囲気が濃くなってきたさかい、跡目継承に色気ぇ出しよって、それで香村《こうむら》の阿呆《あほう》をたきつけた、ゆうわけや」

「……それは……？」

どういうことだと眉を顰めた高沢に、

「ええか？」

ぐい、とグラスの酒を呷ったあと八木沼が身を乗り出してくる。

「今度櫻内が菱沼組《ひしぬまぐみ》の五代目を継承するやろ、ワシと櫻内は兄弟杯を交わしとるからな、ますますワシが岡村組組長の座に近づいた、思うてそれを阻止しようとしたんや」

「……なるほど」

「そやし、香村の阿呆に保釈金積んで恩を売り、奴に櫻内を潰《つぶ》させよう思うたんやろ。その上、菱沼組の跡目も奴に継がせることが出来たら一石二鳥、関東一円抑える菱沼組と手ぇ組んどったら、岡村組も手中に収めることが出来る……ほんま、阿呆の考えるこっちゃ」

くだらんわ、と八木沼は笑うとまた酒を一気に呷り、「おかわり」と今度は大声を上げた。先ほどと同じように若い衆たちが持ってきた酒を啜《すす》りながら、八木沼は凄《すご》みのある笑いを浮かべこう告げた。

「四条にはワシらがきっちり報復するさかい、安心してや」

「……はあ……」

報復――その言葉を聞いた高沢の脳裏に、香村の隠れ家で見た組員たちの死体が蘇《よみがえ》る。またこの関西の地に大量に血が流れることになるのだろうかと、ぼんやりとそんなことを考えていた高沢は、八木沼が話しかけていることに気づき、はっと我に返った。

「そやし、あんたはなんも気にせんと、傷が治るまでゆっくり養生してくれたらええ。櫻内にも充分頼まれとるさかいな」

「……ええ……」

『当分の間、あれをよろしく頼みます』

櫻内の声が高沢の脳裏に蘇る。

確かに深々と八木沼に向かい頭を下げていた櫻内の態度は真摯《しんし》で、八木沼にしてみたら『充分頼まれ』たことになるのだろうと思う高沢の胸が、ちくり、と微かな痛みに疼《うず》いた。

「……なんや、どないしたん」

「いえ……」

微《かす》かな表情の曇りも見逃さない八木沼の慧眼《けいがん》に内心舌を巻きつつ、高沢は短く答えて首を横に振った。

「疲れたか」

まあそうやろな、と八木沼は一人頷くと、

「そろそろ寝るか」

タン、と音を立ててグラスをテーブルへと戻す。

「……はい」

それに倣ってグラスを下ろした高沢の顔を、八木沼は彼がたじろぐほどにじっと見据えてきた。

「……あの？」

いつまでも視線を外そうとしない八木沼に、たまらず高沢が声をかける。

「……あんたらしくないなあ」

「はい？」

何を言われたのだろうと高沢は首を傾げたのだが、続く八木沼の言葉があまりに的を射たものであったためにまた絶句してしまった。

「心配事があるんやったら、聞いたらよろし。それともなんぞ不満でもあるんかいな」

「………」

やはり関西一円を手中に収める岡村組の次期組長と言われるだけのことはある、と高沢は思わずまじまじと目の前の八木沼の、端整というにはあまりあるほどに整った顔を見つめてしまった。

高沢は感情の発露が乏しいタイプだと自分でも思っていたし、人からも『何を考えているのかわからない』と言われるのが常だった。櫻内ですら『喜んでいるのか悲しんでいるのか、そのくらいの感情表現はしろ』と閨《ねや》で溜《た》め息《いき》をつくほどである。

その自分の、胸に抱える漠たる不安をここまで正確に見抜くとは、と高沢は驚いていたのだが、この沈黙は極道者の主たる特徴でもある短気さをもつ八木沼には長すぎたようだった。

「何が不満なんや？」

ずい、と酔いで赤らむ顔を近づけてきた八木沼の瞳に苛立《いらだ》ちを見出《みいだ》し、高沢は正直に話すことにした。もともとは親切から出た申し出でもあるし、彼には風呂や寝場所、それに豪華な食事と身に余りある歓待を受けていたからである。

「不満ではなく……気にかかることが……」

「なんや。何が気になるっちゅうんや」

「いえ……なぜ櫻内は私を連れて帰らなかったのかと……」

高沢の一番の疑問はここにあった。なぜ助け出した自分を八木沼に預けたのか、自身は東京へと戻るというのに高沢を関西に残したのには何か理由があるのか——だが彼にとって難解に思えたこの問いに、八木沼はあまりにあっさりと答えを与えてくれた。

「なんや、そないなことかいな。そんなん、足手まといやったからにきまっとるやないか」

「……足手まとい……」

八木沼の言葉を鸚鵡返《おうむがえ》しにした高沢の顔を八木沼は「ええか」と覗き込んだ。

「あんたが一番わかっとると思うけどな、襲名披露は五日後や。香村の阿呆ばかりやない、櫻内のタマ取ろうと狙《ねろ》うてる奴は全国に五万とおるんやで?」

「……はあ……」

確かに襲名披露が近づいてくるにつれ、櫻内の身が危険に晒《さら》されることも多くなっていったと頷いた高沢に、八木沼は「せやから」と話を続けた。

「大阪に単身で乗り込んだっちゅうことが噂《うわさ》にでもなったら——まあ、ヤクザは情報網が命やさかい、もうなっとるんやけどな——どれだけ危険かっちゅうことや。その上奴は香村の隠れ家で大暴れしとるやろ。下手《へた》したら警察かて追いかけてくるわなあ」

証拠は残してへん言うとったけどな、と八木沼はそこで一旦笑ったが、まだ納得できないという高沢の表情に気づき、やれやれ、と肩を竦《すく》めてみせた。

「せやから、ここに来るんも、ここからヘリポートに行くんも、櫻内にとっては命がけやったっちゅうことや。派手に大阪入りしとうなかったゆう気持ちはわかるが、もうちっと若い衆を連れてくるか、思うとったら、あの早乙女《さおとめ》一人やろ？　襲撃にでもあったときには怪我人のあんたは足手まといになる、それで怪我が癒えるまでここに残したっちゅうこっちゃ」

「……ああ」

そういうことか、と高沢はようやく八木沼の話が見えたと相槌《あいづち》を打った。櫻内の様子からそこまで彼が危険に晒されているとは思えなかったがゆえに理解が遅くなったのだが、それが八木沼にもわかったのだろう。

「まあ、櫻内は身の危険っちゅうもんをまったく感じてへんようなところがあるしなあ。早乙女なんぞ、傍《そば》におってもどれだけ危険やったか、わかっとらんかったんちゃうか」

あはは、と背を仰《の》け反《ぞ》らせて笑い、どさっとソファの背もたれに寄りかかった。

「他は？　なんぞ聞きたいことはないんかい」

ああ、酒がないなと八木沼が「おおい」と大声を出す。若い衆がおかわりをもってきたのを受け取り、八木沼はまた、

「ん？」

と高沢に悪戯っぽく笑いかけてきた。

「………」

高沢は『当分の間』というのはいつまでかということを尋ねようかと思ったが、その期間は八木沼が決めるものではないような気がして口に出しかねていた。

「なんや、まただんまりかい」

八木沼が呆《あき》れた口調になる。が、それほど機嫌が悪いわけではないようで、逆に高沢に問いをしかけてきた。

「置いていかれてショックやったっちゅうわけか」

「……はい」

あまり考えることなく頷いた高沢の前で、八木沼が爆笑した。

「おもろい。ほんまあんた、おもろいわ」

わっはっはっ、という八木沼の笑い声があまりに大きかったからか、若い衆が数名部屋に飛び込んできたが、八木沼が「なんでもないわ」と涙を流しながら片手を振ると慌てて彼らは出ていった。

「あの……」

先ほども高沢は八木沼に大笑いをされたのだった。一体自分の何が可笑《おか》しいというのだろ

うと高沢が眉を顰めた顔がまた可笑しいと、八木沼は暫《しばら》く一人で笑っていたが、ようやく笑いが収まってくると、

「ああ、ほんま、笑わしてもろたわ」

涙を拭《ぬぐ》ったその手で、高沢の肩を叩いた。

「なんちゅうか、無愛想なんか思うとると、いきなり悋気《のろけ》よる。予測ができんちゅうかなんちゅうか」

また笑いが込み上げてきたのか、肩を震わせ始めた八木沼に、

「悋気てましたか」

高沢はそう問いかけ、また爆笑された。

「置いていかれてショックやゆうんが、悋気以外のなんやっちゅうんじゃ」

「いえ……」

そういうつもりではなかった、と高沢がぼそぼそと口を挟むと、

「どないなつもりやったんや」

八木沼が興味深そうに顔を覗き込んでくる。

「……役に立たないと思われたのがショックだったかな、と」

「ああ、ワシが『足手まとい』言うた、あれか？」

しゃあないやんけ、と言いながらもバツの悪そうな顔をした八木沼に、

「そういうわけでは……」

一応そう答えたあと、高沢は自分の気持ちを鑑《かんが》みつつ、ぽつぽつと話し始めた。

「……ボディガードとして役に立たないと思ったから、櫻内組長は私を置いていったのだとすると、この先、彼が私を必要とする日は来るのかと……」

「はあ？」

八木沼の素《す》っ頓狂《とんきょう》な声が高沢の喋《しゃべ》りを遮った。

「ワシは、今はあんたが怪我人やさかい、足手まといになる、言うたんやで？」

「ええ、でも……」

櫻内は自分を見ようとしなかった、とはとても言えず、俯いた高沢の耳に、呆れ果てた様子の八木沼の声が響いてくる。

「だいたいなあ、跡目継承で大わらわっちゅう今、関西までわざわざ乗り込んできた、それがどないな意味かなんぞ、子供かてわかるやろ」

「……どんな……意味か……」

答えを求めて顔を上げた高沢に、八木沼はほとほと呆れた顔になった。

「あんなあ、自分《オノレ》にとって必要やない相手を助け出す阿呆がどこの世界におるゆうんや。そないなこともわからんのか」

「………」

それはそうだと思う、と高沢はその場で項垂《うなだ》れた。理屈で言えばそうなのだろうが、もしやヤクザの世界には高沢の常識では測れない何かが——面子《メンツ》が立つとか立たぬとか、そういう不可解な感覚があるのではないかと、そんなことを慮《おもんぱか》ってしまう。

物ごとをそう複雑に考える癖のない高沢にとっては珍しいほど入り組んだ思考であるために、それを上手《うま》く説明することなどできるわけもなく、高沢は黙り込んでしまったのだが、

「わからんなあ」

八木沼は、あまりにしみじみとした溜め息をつき、そんな彼をまじまじと見やった。

「……はあ……」

自分自身でも持て余している己の心情を、八木沼にわかれというほうが無理だろう。高沢は首を傾げる彼を前に、

「すみません」

と、何に対するのかわからぬ謝罪をし、頭を下げた。

「……ま、何を心配しとるか知らんがな」

八木沼の手が伸びてきて、高沢の肩を叩く。

「はい？」

「万が一にもあんたが櫻内のところをクビになったら、ワシが面倒みたるわ」

「はい？」

思わず顔を上げた高沢に、八木沼が満面の笑みを浮かべたその端整な顔を近づけてきた。

「床《とこ》上手なボディガードなら大歓迎、いうこっちゃ」

「……はあ」

囁《ささや》く息が高沢の頬《ほお》にかかる。肩に置かれた手にぎゅっと力がこもったのを感じた高沢が思わずびく、と小さく身体を震わせたと同時に八木沼がまた、バシッと力強く彼の肩を叩いた。

「まあ、そないなラッキーはそうそう起こらへん、思うとるがな」

あはは、と八木沼は高らかに笑うと、「さてと」と言いながら立ち上がった。

「あんたも疲れとるやろ。ゆっくり休むとええわ」

「……ありがとうございます」

お開きということかと高沢もソファから立ち上がる。

「ほんま、必要なもんは……ああ、必要やなくても、欲しい思うモンがあったら何でも若い衆に言うたら用意させるよって」

遠慮はいらんで、と八木沼はまた高沢の肩をバシッと叩くと、先に立ってドアへと向かった。高沢を見送ってくれるらしい。

「ほな、おやすみ」

「おやすみなさい」

八木沼に挨拶《あいさつ》をしたあと廊下に出ると、見覚えのある若い衆が二人、高沢の前で深く頭を下げてきた。

「お部屋までお送りします」

相変わらずしゃちほこばった口調で一人がそう言い、高沢の前を歩き始める。

「……どうも……」

廊下にはずらりと若い衆が並び、高沢が前を通ると頭を下げて寄越す。仰々しいなと思いつつ歩いていた高沢は、もしや、と思いつき、前を歩く若い衆に声をかけた。

「……この厳戒態勢には、理由があるのですか」

「……はあ」

若い衆は高沢を振り返りはしたものの、なんと答えようかと困ったように口ごもる。

「……いや、いい……」

多分自分が匿《かくま》われることになったからだろう、と高沢は若い衆への問いかけを引っ込め、あからさまにほっとした顔になった彼のあとに続き無言で足を進めた。

「それでは、なんぞありましたら、遠慮なく言うてください」

部屋まで送ってくれた若い衆はドアの外でそう深々と礼をしたが、その場を立ち去る気配はなかった。多分夜通し高沢の部屋を護衛するつもりなのだろう。

「ありがとうございます」

礼を言い、部屋に入ると室内には既に布団が敷かれていて、まるで温泉宿のようだと高沢は溜め息をつき、浴衣のままごろりとそれに寝転んだ。

「…………」

八木沼との会話が、廊下にずらりと並んだ若い衆の姿が、しゃちほこばって喋る若者の顔が、フラッシュバックのように次々と高沢の脳裏に浮かんでは消えてゆく。

最上級の気を遣われ、最上級の身の安全を図られているという今の状況は、すべて八木沼の命によるものであるのは考えるまでもないが、八木沼がこれだけのことをしてくれるのは兄弟分である櫻内の頼みゆえだろう。

ぼんやりとそんなことを考えていた高沢の脳裏に、別れ際に見た櫻内の端整な横顔が浮かぶ。

櫻内は今頃、東京へと戻っただろうか——薄れかかる幻の彼の横顔を必死で追おうとしている己の愚かな振舞いに気づくより前に睡魔が高沢を襲い、そのまま彼は朝まで一度も目覚めることなく昏々《こんこん》と眠り続けた。

5

高沢が八木沼の世話になり三日が過ぎた。高沢の体調は翌日にはほぼ戻り、三日後の今は完全に復調したといってもよいほどに回復していた。

至れり尽くせりの状況は三日経《た》っても変わることなく、何不自由ないどころか普段よりも余程豪奢《ごうしゃ》で優雅な生活を高沢は八木沼の私邸で送っていた。

櫻内同様、八木沼も非常に多忙にしていたが、時間が許す限りは高沢と食事をともにした。その食事がまた豪勢で、今日は懐石、明日はフレンチと一流料亭やレストラン顔負けの料理が毎晩テーブルを彩り、食の貧しい高沢はその量と質に圧倒された。

また、八木沼は自身も洒落者《しゃれもの》であったが、高沢の衣服にも洒落っ気を遺憾なく発揮し、初日の浴衣に続いて、上質のスーツやら、悪乗りでもしたのか昨夜などはタキシードが夕食のときに用意され、着せ替え人形さながらにそれらを身につけさせられることに高沢は辟易《へきえき》としていた。

香村の隠れ家での大量殺戮と証拠隠滅のための爆破は、翌日メディアを酷く賑《にぎ》わせたが、それが櫻内の手によるものだという報道は一切なされなかった。

「まあ、警察には誰の仕業ゆうことは知れとらんのやろ」

心配することはない、と八木沼は笑っていたが、関西の極道の間ではあれが櫻内の報復であるという噂が既に駆け回っているらしかった。

「たった一人で要塞《ようさい》なみの設備をぶっ潰しよったゆうてな」

一気に関西での知名度があがったわ、とメディアには決して載ることがないであろう情報を教えてくれた八木沼だが、彼自身がすぐ香村をたきつけたという四条潰しに動いていたという情報もメディアを賑わすことはなかった。

もともと優雅な生活には縁がなかったこともあり、体調が戻ってくると高沢は八木沼邸での生活に退屈を覚えるようになった。好意からだということはわかってはいたが、四六時中八木沼の組の若い衆に見守られているという状況も辛《つら》くなってきて、三日目の朝食時、高沢は彼にしては表現に気を遣いつつ、八木沼にもう自分の護衛は必要ないということを伝えた。

「あんたもボディガードやからな」

鬱陶《うっとう》しいいう気持ちはわからんでもない、と八木沼は高沢の言葉に不機嫌になるでもなく頷くと、暫く「どないしようかな」と考えていたが、ふといいことを思いついた顔になった。

「せや、銃でも用意させよか」

「銃、ですか」

自分でも驚くくらいに弾んだ声を出した高沢に、八木沼は一瞬きょとん、とした顔になったが、やがて破顔した。

「ほんま、櫻内の言うとおりやな」

「はい？」

櫻内は何を言ったのだろうと高沢が目で問うと、

「まさに銃フェチや、ゆうとったわ」

あはは、と八木沼は高らかに笑い、フェチといえないこともないかと納得した高沢の顔を見てまた笑った。

「ワシも専用の射撃の練習場を持っとるさかい、腕慣らしにでもどや？」

「ありがとうございます」

思わずまた弾んだ声を出してしまった高沢の前で八木沼は爆笑したあと、若い衆を呼んで指示を与えた。翌日高沢は彼らに連れられ、車で一時間ほどのところにある射撃の練習場へと向かった。

護身用の銃は既に前夜のうちに与えられていた。何がいいかと問われた高沢は、使い慣れたニューナンブ式をと答えたのだが、すぐにどれでも好きなものを選んで欲しいと十数丁の銃が届けられ高沢を驚かせた。

山の中にある八木沼の射撃練習場も高沢を驚かせるものだった。櫻内はこの練習場をモデルに奥多摩《おくたま》にある自分の練習場を作ったのではないかと思われるほど設備は酷似しており、なおかつ規模は櫻内のものより大きかった。

高沢が到着したときには既に数名の若い衆が、教官らしき中年の男に射撃の手ほどきを受けていた。高沢を連れてきた若い衆が彼に駆け寄り耳打ちすると、中年の男は高沢を振り返り、満面の笑顔を向けてきた。

「組長から聞いとります」

顔は笑っていたが、目は少しも笑っていないその表情に、高沢は彼ももしかしたら元同業かと――警察のOBなのではないかと思ったが、追及するのも何かと、ただ、

「お世話になります」

と頭を下げた。

「すぐ弾を用意させましょう。銃はどうされますか。なんぞお試しになりたいものでもありますか？」

「いえ、今お借りしているものを試したいので」

ニューナンブ式を見せると、男は「ほお」と少し驚いた顔で高沢を見た。警察で支給されるのと同じ型式を持つことに反応したことからも、やはり元同業であったかと高沢は心の中で頷いた。

弾はすぐ用意され、指定されたブースで高沢は的に向かった。イヤープロテクターで周囲の音を遮断されているせいもあり、一気に己の世界へと入ってゆくのが自分でもわかる。

久しぶりに撃つ——銃口を真《ま》っ直《す》ぐに的に向け、高沢は引金を引いた。

ダアーーン

遠くに銃声が響く。硝煙《しょうえん》の匂《にお》いが立ち昇ったときには、高沢はもう無我の境地にいた。

ダアーーン　ダアーン　ダンダンダン

ひたすらに弾を込めては撃ち続ける。腕が痺《しび》れるまで撃ち、少し休もうかと銃を下ろすと、トランシーバーの役目も果たしているプロテクターから、

『的を見ますか』

という、教官の声が響いた。

「おねがいします」

後方にあるオペレーションルームに座っていた教官に向かって手を上げると、的が一気に近づいてきた。弾は全てほぼ中心を貫いている。

『さすがですね』

耳に響いてきた教官の声は世辞を言ってるようではなかった。高沢は何も答えず、手振りでまた撃ちたい、と合図した。

『わかりました』

また的がすーっと遠ざかってゆき、新しいものと交換される。その的に向かい高沢はまた暫くの間、何も考えずに銃を発射し続けた。

さすがに腕が疲れたと高沢が銃を下ろすと、シャワーがあると若い衆が彼を案内してくれた。奥多摩はシャワー設備しかないのだが、八木沼の練習場はゴルフ場よろしく大浴場まであった。

「天然温泉です」

よかったらと勧められ、高沢は浴槽へと身を沈めたのだが、右腕を揉《も》みながら自分の顔が微笑んでいることに気づき、これでは『銃フェチ』といわれても仕方がないかと一人苦笑した。

支度を整え、受付へと戻ると教官がわざわざ挨拶に出てきた。

「ほんま、ええ腕しとりますな」

命中率を計算したら九十八パーセントだったと心底感心したように言われ、高沢は何と答えようかと迷った挙句にひとこと、

「ありがとうございます」

練習場を使わせてもらったことへの礼を言った。

「さきほど若い衆に櫻内組のお身内と伺ったのですが、三室《みむろ》教官は元気にしとりますか」

「え」

いきなり出てきた馴染《なじ》みのある名に高沢は一瞬驚いたが、やはり予想どおりであったかと、

「はい、お元気です」

と笑顔を返した。

「私も三室教官にはえらいお世話になりましてな」

教官はそう言うと、高橋《たかはし》と名乗り、

「なんぞの折にでも、よろしく言うてたとお伝えください」

ぺこりと高沢の前で薄くなりかけた頭を下げて寄越した。

行きと同様、帰りも若い衆が運転する車に揺られながら、高沢は奥多摩にある櫻内の射撃練習場の管理人兼教官である三室のことを考えていた。

三室彰正《あきまさ》は、高沢と同じ元警察官で、かつては高沢の射撃の教官でもあった。定年退職後に櫻内に声をかけられ、彼が新しく作った射撃練習場を任されたという経歴も、警察をクビになったと同時にボディガードにスカウトされた高沢と似ていた。

人生の楽しみを考えたとき、そのトップに射撃を据えるであろうところも三室と高沢は似ていた。八木沼の射撃練習場の教官ももしや同じ種類の人間なのかもしれない、今度三室に会ったら高橋のことを聞いてみようと思っていた高沢の胸ポケットに入れておいた携帯が着信に震えた。

「…………」

この三日というもの、高沢の携帯が鳴ったことはなかった。どき、と鼓動が高鳴るのは、櫻内からの指令を伝えるものではないかと思ったのだが——櫻内が直接、高沢の携帯を鳴らすことは皆無といってよかった。電話で連絡などとらぬとも、高沢の動向になぜか櫻内は精通していた——ディスプレイに浮かぶ番号を見た高沢の鼓動の高鳴りは止《や》み、なにごとだと眉を顰めながら応対に出た。

「もしもし？」

『ああ、私だ。三室だ』

奥多摩の練習場の番号だという記憶はあったが、電話がかかってきたのは初めてだった。そういえば以前、どうしても試し撃ちをしたい銃があるという雑談を三室としたとき、入荷したら教えてやると三室に携帯番号を聞かれたことがあったなと思い出しながら、高沢は、

「どうしたのです」

と、電話の向こう、どこか緊迫した声を出している三室にそう問いかけた。

『いや、気になる噂を聞いたもので』

「噂？」

高沢はちらと運転している若い衆を見たが、よほど八木沼のしつけが行き届いているのか、高沢の電話に興味を示しているような素振りは一切感じられなかった。

それでも聞いてはいるのだろうと思いつつ、高沢は若干声を潜め、

「なんなんです？」

と電話に向かって問いかける。三室がわざわざ高沢に連絡を入れてくるくらいであるから、

よほどのことなのだろうと身構えた高沢の予想は当たった。

『西村のことだ』

「……西村……あの西村ですか」

高沢の声が掠れる。

『ああ、最近の奴の動向、お前の耳には入っていないか？』

「…………」

耳に入っているどころか、目でも身体でも現在の彼をいやと言うほど体感させられた記憶が高沢の内に一瞬蘇り、高沢は唇を嚙《か》んだ。

『もしかしたら俺は、こうしてずっとお前を抱きたいと思っていたのかもしれないな……』

自分を犯した西村の、どこか狂気を孕《はら》んでいるように見える端整な笑顔が高沢の脳裏に蘇る。

『……もしもし、もしもし？』

暫し呆然としてしまっていたことに、高沢は電話の向こうの三室からの問いかけで気づいた。

『どうかしたか』

「いえ、なんでもありません……」

我に返って詫《わ》びたあと高沢は、

「西村がどうしました」

と逆に三室に問いかけた。櫻内が香村の隠れ家を壊滅させたとき、香村と幹部は早々にあの場を逃れたと聞いてはいたが、西村は逃げたのかあの場で死んだのか、知る手立てがなかったこともあり、実はずっと高沢の気にかかっていたのだった。

『関西で身を潜めているという噂は聞いていたんだが、今は岡村組の世話になっているらしいんだ』

「岡村組、ですか」

香村のところではないのかと意外に思ったのが声に出たのか、三室は一瞬探るように電話の向こうで黙ったが、すぐに話を続けた。

『ああ、それも鉄砲玉に仕立て上げられたらしい』

「なんですって？」

驚きのあまり大声を出してしまった高沢の前で、運転席の若い衆がさすがに驚いたようにちらっとミラー越しに高沢を見た。が、そんなことには構っていられないほどに高沢は動揺していた。

「どういうことです。なぜ西村が？」

『事情は俺にもわからない。ただ、西村が鉄砲玉にされたことと、奴が狙っているのがうちの――櫻内組長の命だということは確からしい。明日の襲名披露の最中仕掛けてくるのではないかという話だが……』

「……そんな……」

らしくもなく高沢は呆然としてしまっていた。三室にまた何かわかったら連絡を欲しいと言うのがやっとで、何か言いたげな三室の様子に気づきながらも「それでは」と電話を切ったあと、高沢は今聞いた話がどういう意味をもつのかと一人考え始めた。

山道を走っているために車窓の外を綺麗な緑が物凄い勢いで後方へと流れてゆく。

『鉄砲玉』というのはいわば使い捨ての殺し屋といってよかった。若いチンピラが己の地位を上げるために名乗りを上げるか、上から無理やり押し付けられ泣く泣く引き受けるかという役目で、なぜに西村がその役を担うことになったのかと高沢は流れる緑の風景を見ながらずっとそのことを考えていた。

そもそも西村は香村の協力者だったはずである。岡村組の世話になっているということは、彼も組の人間になったということだろうか。たとえそうだとしても、もとキャリアの警察官がそこらのチンピラと同じような扱いを受けるとはとても思えないと高沢は首を傾げた。

今回の黒幕は岡村組の若頭補佐、四条であるとのことだったが、今、四条は八木沼の報復に青息吐息であるらしい。その責任を西村に取らせようとでもしているのだろうかとも思ったが、だからといって西村が鉄砲玉になるのを了解するかと考えると、普通はしないだろうとしか思えなかった。

だが三室の警察関係者に関する情報網がいかに広範囲に張り巡らされており、その確度がいかに高いかということも高沢の熟知するところなだけに、いい加減な噂話を彼が伝えてきたとは思えなかった。

鉄砲玉になった西村が狙っているのは櫻内の命だという。五代目襲名披露の式典で本当に彼は櫻内を襲撃するというのだろうか。

「…………」

上着の内ポケットに入れた銃を、いつしか高沢は取り出し銃身を握り締めていた。

撃たせない——撃たせるものかと心の中で繰り返している高沢の目に、全身に血飛沫《ちしぶき》を浴びた櫻内の端整な横顔の幻が浮かぶ。

襲名披露といえばこれ以上はないほどの厳戒態勢が敷かれているのだろうという予測はついたが、それでも高沢は既に櫻内の元へと戻る決意を固めていた。

運転している若い衆に、すぐに八木沼に連絡を取りたいと告げると、若い衆は、

「わかりました」

と答えてどこかに電話をかけ始めた。

「一時間後、組事務所でお待ちしているそうです」

「ありがとうございます」

礼を言い、高沢はまた車窓へと目を移した。山道ゆえに時折トンネルが外の景色を遮り、

窓ガラスに車内の様子を映し出す。

一時間後かと思わず舌打ちしてしまいそうになるほど、焦っている己の顔が映っていることに気づき、焦ってどうなるものでもないのにと、らしくない自分に高沢は一人苦笑した。

己を焦らせているのはボディガードとしての職業意識なのだろうか、それとも――。

『それとも』の先を考えることになぜか抵抗を感じて、高沢は大きく息を吐くと視線を手の中の拳銃へと戻した。

警察時代に慣れ親しんだ銃を見つめる彼の脳裏に今、浮かんでいるのは、同じ釜の飯を食った西村が常に自分に対して向けていたどこか照れたような笑顔だった。

「…………」

櫻内の命を守るために彼の元に駆けつけようとしているのは勿論紛《もちろんまが》う方なき事実であったが、もしかしたら西村に銃を撃たせまいと思っているのかもしれない――。

「馬鹿な」

ふと浮かんだその考えを否定するように短く言い捨てている自分に気づき、高沢はまた大きく溜め息をついた。己がこうして自分の考えを打ち消すのがどういう場合か、自分のことだけに彼にはよくわかっていたからである。

今は東京に帰る算段だけを考えようと高沢は銃を撫《な》でるとまたポケットに仕舞い、シートに沈み込んで目を閉じた。

服にしみこんでいた硝煙の匂いを深く吸い込み、頭を空っぽにしようとする。だがいつもであれば彼を無我の境地に容易《たやす》く追い込んでくれるその匂いも、今日に限ってはその効用をあらわさず、さまざまな雑念に苛つきながら高沢は車が八木沼の事務所へと到着するのを待った。

八木沼の組事務所は、ヤクザの事務所というよりはハイテクを駆使した一流企業のようだった。約束の時間より三十分ほど早めに到着してしまったため、高沢は応接室に通されたのだが、その応接室もまた企業の役員応接室のようで、趣味がよくなおかつ金のかかった装飾に、高沢は一瞬ここがどこであるかを忘れるほどであった。

きっちり三十分後に八木沼は高沢の前に現れた。

「なんや、珍しいこともあるもんやな」

にこやかに笑う八木沼は今日も見惚《みと》れるような男ぶりを見せていた。忙しく出歩いているというのに彼のスーツには塵《ちり》一つ、皺《しわ》一つなく、一足十万はくだらないという靴は磨きたてのように光っている。

「突然申し訳ありません」

その靴先の光を見ながら高沢は彼の前で頭を下げ、三室に聞いた話を八木沼に伝えた。

「ほんまか」

情報網には絶対の自信を持っているという八木沼にも、未だその話は届いていなかったようで、すぐ事の真偽を確かめろと若い衆に指示を出した。

「西村、言うんは確かあんたの同僚やったな」

「ええ。向こうは警視庁のキャリアでしたが」

「さよか」

八木沼は相槌をうちながらも、暫くじっと高沢を物言いたげに見つめていたが、やがて、

「それで？」

と改めて高沢に問いかけてきた。

「東京へ戻りたいと思いまして」

「ボディガードとしては、放っておかれへん、言うんやな」

「はい」

頷いた高沢に、また八木沼は何か言いたそうな顔をしたが、

「あの」

高沢が問いかけると、なんでもない、というように首を横に振った。

「襲名披露にはワシも呼ばれとるさかい、そのときに一緒に連れて帰ろう、思うとったが、

そないな悠長なことも言うておられんしな」

わかった、と八木沼は立ち上がると、

「今野《こんの》」

と部屋に控えていた少し年配の男に呼びかけた。

「はい」

「東京まで送ったれや。若い衆を数名連れてな」

「はい」

いかにもヤクザというなりをした今野という男が、言葉少なく頷くのに、

「いや、自分で帰りますが」

慌てて高沢は八木沼の申し出を固辞した。

「あんたの身の安全を、ワシは櫻内に約束したさかいな」

東京までは自分が面倒を見るのだと八木沼はがんとして譲らず、最後は高沢が折れた。

「何から何まで、お世話になります」

「いや、ワシも随分楽しませてもろたわ」

あっはっはっと八木沼は高らかに笑い、深々と頭を下げた高沢の肩をバシっと強く叩いた。

「ひとつお願いが」

「なんや」

事務所を辞すとき、高沢がそういえばと思いつき足を止めたのに、八木沼がにこにこと顔を覗き込んできた。

「お借りした拳銃、東京へ帰るまでお借りしていてもよろしいでしょうか」

「なんや、そんなことかいな」

八木沼は『がっかり』としかいえない顔になると、

「ええ、ええ」

煩《うるさ》そうに顔の前で右手を振った。

「ありがとうございます」

「そんなん、餞別《せんべつ》にくれてやるさかい。えらい腕前やと高橋が褒めとったで」

「はあ」

ほんの一時間前のことであるのに、逐一八木沼に報告がいっていたのかと驚いた顔をした高沢に、八木沼は端整な顔を近づけ耳元に囁いてきた。

「櫻内とは杯《さかずき》はまだやったな」

「……はい」

耳朶《じだ》に八木沼の息がかかるのに、高沢の背筋をぞくりとした感覚が這《は》い上る。

「ワシは杯下ろす気満々やさかい。いつでも言うてきや」

「…………」

思わず顔を見返した高沢に、八木沼はにやりと目を細めて笑い、すぐに身体を離した。

「まあ、櫻内があんたを手放すとは思わんがな」

そしてまたも高らかに笑い、高沢の背をバシっと叩く。

「……はあ」

なんともいえない顔で頷いた高沢に、

「ほなまた東京でな」

と八木沼は手を振り、高沢を送りだしてくれたのだった。


東京への移動手段は車になった。八木沼は『若い衆を数名連れていけ』と今野に――実は八木沼の組の幹部の一人であったとあとから高沢は知った――指示したが、数名どころか、高沢と今野の車に二名、その車を前後に挟んだそれぞれの車に四名と、総勢十一名の組員たちが高沢を護衛さながら東京へと送ってくれることになった。

「お手数かけます」

恐縮する高沢に、

「気にされることありません」

と今野は笑顔で首を振り、

「できるだけ急ぎますよって。ネズミ捕りにひっかからん程度にですが」

ごつい顔に似あわぬ茶目っ気のあることを言い、車を出してくれた。

途中大きな渋滞もなく、また警察やヤクザ者に停められることもなく、車は無事東京へと到着した。車の中から高沢は組事務所に連絡を入れ、帰京する旨を伝えたのだが、その連絡を受けてか高沢が落合《おちあい》のマンションに到着すると、マンションの前には早乙女が若い衆を数名連れて彼の帰りを待っていた。

「そしたらワシらはこれで」

彼らの姿を見た今野は、高沢を車から降ろすとそう言い、高沢が礼を言うより前に車を発進させた。役目は終わったと思ったのだろう。

「久しぶりだなあ」

早乙女が駆け寄ってくるのと同時に若い衆が高沢を囲み、なにごとだと高沢は彼らを、そしてにこにこと邪気のない笑顔を向けてくる早乙女を見た。

「いやなに、組長からの、あんたの身の安全を確保しろって命令でさ」

「……俺はボディガードだぞ」

周囲に目を配る若い衆を見ながら、ボディガードがボディガードをもってどうすると、高沢は思わず呆れた声を出す。

「仕方がねえじゃねえか。実際捕まっちまったんだからよ」

早乙女にそう言われてしまうとぐうの音もでず、高沢はしぶしぶ若い衆に周囲を取り囲まれながら自分の部屋へと向かった。

「組長は？」

部屋に入ると、勝手知ったるとばかりに冷蔵庫にビールを取りにいこうとする早乙女の背に高沢は声をかけた。

「明日の襲名披露に備えてもう自宅に戻ったよ」

何か食うか、と聞きながら、早乙女が高沢の問いに答えてくれた。

「そうか」

「メシ、食ってねえんだろ。今、作らせっからよ」

「いや……」

いい、と高沢が断るのも聞かず、早乙女は「おい、三河《みかわ》」と若い衆の一人に声をかけてさっさとキッチンへと追いやり、自分はビールを抱えて戻ってくると、一缶を高沢に差し出してきた。

「乾杯！」

「……ああ」

何が嬉《うれ》しいのか、にこにこと笑いながら早乙女が高沢にビールをぶつけてくる。それに応

Asohi
生
パーフェクトドライ
生ビール
350ml

えてビールを開けた高沢は、ごくごくと一気に早乙女が一缶を飲み干すのを呆れて見守ってしまった。

「あんたが帰ってきてくれてよかったぜ」

三河という若い衆が手際よく作った酒の肴《さかな》に、高沢より前に箸を伸ばしながら、早乙女は二缶目のビールもあっという間に空け、一人ウイスキーに移行していた。

「……世話になったな」

そういえば早乙女には礼も言っていなかったと高沢は今更のことに気づき、彼に頭を下げた。

「ああ？」

なんだっけ、と早乙女はきょとんとした顔になったあと、「ああ」と嫌そうに顔を歪《ゆが》めた。

「ひでえ目に遭ったモンだよなあ」

「すまない」

確かに五十人もの組員が中に潜む隠れ家に、櫻内とたった二人で乗り込むのは大変なことだっただろうと思って頭を下げた高沢に、

「いや、あんたが、だよ」

慌てたように早乙女が言い、「頭上げてくれよ」と高沢の腕を摑んだ。

「俺が？」

「ほら、なんつうかさ」

高沢が顔を上げ早乙女を見ると、早乙女は彼らしくなく、もじもじと俯き、ちらと高沢を上目遣いに見やった。

「……ああ」

輪姦されたことか、とようやく高沢は気づいた。そういえば自分が拉致《らち》されたあと、どういう状況になったのだろうと高沢が早乙女に問うと、彼が経緯を説明してくれた。

「組事務所にいきなりバイク便でビデオが送りつけられてきたのよ。櫻内組長宛《あて》でな。差出人が香村の野郎だし、爆発物でも入ってるんじゃねえかと先に俺たちが開けて見たんだがそしたら……」

「……ああ」

早乙女はここでバツの悪そうな顔をし、高沢から目を逸《そ》らした。

あのビデオを早乙女も観たのか——早乙女だけではなく、室内にいた若い衆全員がなんともいえない顔をしたところをみると、この場にいる全員が観たということなのだろうと高沢は肩を竦めた。

「前日にあんたが姿を消したのを組長はそりゃあ気にかけていたからよ。あのビデオを観てすぐ『出かける』と、ヘリの用意をさせたんだよ。お供は俺と運転手の神部《かんべ》だけで、そのかわり武器だけはマシンガンだのマグナムだの日本刀だの、これから戦争でもおっぱじめんじゃねえかってくらい積ませたから、てっきり八木沼組長の手を借りるのかと思ってたら、単身乗り込んでいったからもう、驚いたぜ」

「……そうだな……」

確かに驚くだろうと相槌を打った高沢の方を驚かせるような話を、早乙女は得々と続けていった。

「俺も一緒に乗り込みゃしたけどさ、なんにもする暇なかったもんなあ。殆《ほとん》ど組長一人で皆殺しよ。俺は爆発物仕込んだり、あんたの居所を捜したりしてただけでさあ」

「……そうなのか」

あの死体の山は櫻内が殆ど一人で築いたのかと、驚きに目を見開いた高沢に、早乙女はうっとりした顔を向けて頷いた。

「本当にもう、惚《ほ》れ惚《ぼ》れするような暴れっぷりだったぜ。さすが武闘派の雄だなあ」

「…………」

たおやかな外見に似合わぬ猛々《たけだけ》しさを持つという櫻内の評判は高沢とて聞いてはいたが、まさかあれほどのものだったとは、と言葉を失ってしまったのだが、早乙女はそんな彼にいかにして櫻内があの隠れ家を壊滅させたかを細かく説明してくれ、ますます高沢を絶句させた。

「しかしほんと、あんたが帰ってきてくれてよかったなあ」

随分酒も進んだ頃、あまりにしみじみとした口調で早乙女が言い出した。

「……帰ってこないと思ったのか」

そうとしか思えないリアクションに高沢がそう問うと、早乙女は「だってよう」と子供のように口を尖《とが》らせてみせた。

「…折角助けに行ったってのに、あんたに優しい言葉ひとつかけてやるでもないしよう。その上大阪に残していくなんて言い出したから、もしかしたら俺はもう、組長が……」

ぼそぼそとそこまで言った早乙女が、しまった、というように口を閉ざす。

「組長が？」

言いたいことは想像がついたが、最後まで言わせようと高沢が問い返すと、早乙女は暫くもじもじとしていたが、やがて、

「組長が……もうあんたを手元におく気はねえんじゃねえかと……そう思ったんだよ」

そう言い、手の中のグラスを呷った。

「……俺もそう思ったよ」

「え」

小さく告げた高沢の声に、驚いたように早乙女が顔を上げる。

「……お払い箱になると思った。ボディガードとしては役立たずだと思われたんじゃないかと」

高沢の言葉に、早乙女は「ああ」と少し納得した顔になったあと、くすりと笑った。

「なに？」

何か可笑しかったのかと高沢が問い返すと、早乙女は「なんでもねぇよ」と最初は答えなかったが、一人の胸に収めておくには面白すぎたのか、

「だってあんまりよう」

あんたの心配が意外だったからさと高沢に笑いかけてきた。

「意外？」

「俺ぁてっきり、あんたがその……他の野郎にさあ、輪姦されたことを気にしてるんだと思っちまったからさあ」

「……で？」

何が言いたいのかわからず問い返した高沢を前に、早乙女が呆れた顔になった。

「『で？』ってあのよう、普通はそんな場面見られたら、組長の愛情を失うんじゃねえかと、それを心配しねえかなあ」

「……ああ」

なるほど、と頷いた高沢を見て、早乙女は呆れるを通り越して唖然とした顔になった。

「本当にあんた、鈍いな」

「……そうかな」

「鈍いだろう。あんた、組長の愛人だろ？」

「…………」

まあそういうことになるのだろう、と頷いた高沢はようやく早乙女のしていた『心配』を正確に理解した。と同時に、彼は己の心情をも正確に把握することができたのだった。

自分に横顔しか見せなかった櫻内の様子に傷つく思いがしたのも、一人大阪に残されることがあれだけ不安であったのも、すべて今、早乙女が言うように櫻内の愛情を失う不安に苛《さいな》まれての結果だったのではないかと——。

『馬鹿な』とその考えを打ち消そうとした高沢の目の前で、

「でもまあ、こうして無事にあんたは東京に帰ってきたことだし、心配する必要もなかったっちゅうことだがな」

あはは、と早乙女が高笑いをし、勝手にウイスキーをグラスに注いでは気持ちよさそうに飲み干している。

『馬鹿な』

その言葉で打ち消そうとする心情は常に、己の本音に最も近いものだという事実に気づかぬふりをしながら、高沢は手の中の酒を温めていた。

6

翌朝――。

菱沼組五代目の襲名披露がいよいよ行われるというその日、高沢も他のボディガードと同じく目黒の現菱沼組組長、木谷大吾《きたにだいご》邸で、披露式典が行われる座敷の前の中庭に身を潜めていた。

頭上には時折報道のヘリが轟音《ごうおん》を響かせながら通過してゆく。護衛に櫻内が雇ったものもあると言っていたから、もう少しすると更にやかましくなるかもしれないと思いながら、高沢は先ほどから到着する招待客たちが目の前の渡り廊下を通り過ぎては座敷へと入ってゆくのをじっと見守っていた。

全国から二百名を超える組長たちが招待されているというこの式典は、久々の大物の代替わりということで、警察やマスコミも多数屋敷の前に訪れ、動向を見守っていた。

キャデラックをはじめとする大型の外車が何台も屋敷の中へと飲み込まれてゆき、紋付《もんつき》袴《はかま》や式服を身につけた貫禄のある男たちが、案内に従い次々と座敷へと入っていった。

襖が開いたときにちらと見える式典会場は、高沢が思わず「ほお」と感嘆の声を上げるほどに豪勢な飾り付けをなされていた。

上座中央部には日の丸が掛けられ、その前にこしらえられた祭壇の上にはお神酒《みき》と縁起物の山海の収穫物、それに紅白の餅《もち》などが並べられている。

媒酌作法の道筋となる畳の上には白い布が敷かれていて、まるで結婚式のバージンロードのようだと、なかなかに興味を覚えて高沢は部屋の中を覗き込んだ。

主役となる木谷も櫻内も、未だに顔を見せなかった。櫻内が会場入りをしたという報告は無線で受けてはいたが、式典が始まるぎりぎりまで会場には姿を現さない予定になっているとのことで、彼は今日の日をいかなる気持ちで迎えているのか、高沢がその顔を見るのはあと三十分ほど後のことになりそうだった。

目の前の廊下がざわめき、菱沼組の若い衆たちがこぞって頭を下げる中、本日の媒酌人となる岡村組の四代目組長、佐々木雄一《ささきゆういち》が八木沼を伴って現れ、部屋の中へと入っていった。二人ともりゅうとした紋付袴姿であったが、八木沼はちらと庭を見やり、高沢の潜んでいるほうへと相変わらず惚れ惚れするような微笑を投げて寄越し、まさか気づかれたのかと高沢を驚かせた。

時刻は式典が始まる正午に間もなくなろうとしていた。招待客も殆ど会場入りしたようである。バラバラというヘリコプターの轟音が頭上で響き、そのやかましさに高沢が眉を顰めたそのとき、中庭に面した廊下に櫻内の姿が現れた。

「…………」

彼も紋付袴姿であったが、今までそこを通った誰よりも水際立ったその姿に高沢は目を奪われ、暫し呆然と彼が目の前を通過するのを見つめてしまった。

普段見慣れぬ姿だからというだけではなく、櫻内に和の式服はよく似合った。スーツのときには細身にすら見える彼だが、長身に広い肩幅が着映えもよく、真珠のごとき美しい肌が際立って見えた。

ぴんと背筋を伸ばし、堂々とした足取りで会場へと進むさまはまさに、関東一円を治める五代目として相応しい男ぶりで、高沢も思わず惚れ惚れと見惚れてしまっていたのだが、櫻内の表情がぴくりと動いたのにはっと我に返った。

同時に殺気を感じ、周囲を見回した彼は、物陰から飛び出す見覚えのある長身に気づき、しまった、とその場を駆け出していた。

「なにごとだっ」

「あいつ、どこから入った」

庭に潜んでいたボディガードや若い衆が高沢に続きわらわらと姿を現した。

「組長、こちらへ」

「貴様っ」

櫻内の佇《たたず》む廊下も彼を若い衆たちが囲み、声高《こわだか》に騒ぎ始めた。

「なんや」

「どないした」

会場の障子が次々に開き、中の来客たちが顔を出す。

そんな周囲の様子などまるで構わぬように、一人の男が櫻内に向かい、真っ直ぐに銃口を向けていた。

「何者だっ」

「撃ち殺せ」

騒ぎが大きくなるのを、

「まて」

凛《りん》とした声で鎮めたのはなんと、櫻内本人だった。己の前に立つ若い衆の肩を摑んで退けさせ、自ら銃を構える男へと一歩足を進める。

「組長！」

早乙女がまた彼の前に立とうとするのに、

「騒ぎを起こすな。警察に踏み込まれては式典が台無しになる」

静かな、それでもよく響く声で櫻内は制すると、手を出しかねていた若い衆や高沢をはじめとするボディガードの前で、銃を構える男に向かい艶然《えんぜん》と笑いかけた。

「ようこそ。西村警視」

「……もう警察は首になりましたよ」

同じく優雅に微笑み返し、男が――西村がよく響く声で答えた。

「襲名披露に駆けつけてくださるという噂は聞いていましたが、よく潜り込めましたね」

「それはもう、蛇の道はヘビで」

向けられた銃口が見えてないかのような櫻内の余裕は、未だ安全装置がはずされていないからだと高沢は悟った。が、西村がいつ発砲するかわからない今、あまりに無防備すぎると声をかけようとしたとき、ボディガードの一人が西村に摑みかかろうとしたのを、

「よせ」

と櫻内が厳しい声で制した。

「言っただろう。発砲などされたら式典が台無しになると」

「余裕ですね、櫻内組長」

ははは、と西村が笑う。

「余裕は西村警視の方でしょう」

わざと『警視』を強調して答えた櫻内に、西村は一瞬何かを言いかけたが、

「まあいい」

一人笑ってふっと周囲を見渡し、すぐ近くまで駆け寄っていた高沢へと視線を向けた。

「やあ」

「…………」

櫻内に対するのと同じく、緊迫したこの場の雰囲気をまるで感じさせない笑顔に、高沢は思わず絶句する。

「傷の具合はもういいのか？」

心底案じているような口調で問いかけられたとき、高沢の脳裏に西村に抱かれたときの光景が一気に蘇り、カッと頭に血が上った。

「すっかりな」

彼にしては好戦的にそう答えると、真っ直ぐに西村へと歩み寄る。

「高沢、よせ」

櫻内が制止する声は聞こえていたが、高沢の足は止まらなかった。

「香村の隠れ家が爆破されたと聞いてね、心配していたんだ」

「俺もお前が死んだのではないかと心配していたよ」

西村の口調はどこまでも軽く、高沢の口調はどこまでも重苦しかった。

「早々に引き上げたのがよかった。死に損ねたよ」

あはは、と声を上げて笑う西村の正面へと高沢は回りこみ、彼が櫻内に向けた銃口の前に立つとじっと顔を見やった。

「どけよ、高沢」

歌うような口調で西村がそう言い、カチャ、と安全装置を外す。

「高沢」

高沢の背後で櫻内の緊迫した声が響いたが、高沢はその場を動かなかった。

「俺が撃たないとでも思っているのか」

西村が苦笑し、銃口を高沢へと向け直す。

「………」

高沢は向けられた銃口を、続いて西村の顔を見やった。

引金にかかる西村の指先には力が入りすぎて血の気を失い白っぽくさえなっていた。本当に撃つ気かもしれないないなと思いはしたが、不思議と恐怖感は襲ってこず、不自然なほどに平穏な気分が高沢を支配していた。

「撃つよ」

西村が高沢に向かって微笑んでみせる。今までの悠然とした微笑ではなく、引《ひ》き攣《つ》っているその顔を見たとき、高沢は彼が引金を引かないことを確信した。

「……西村」

高沢が名を呼ぶと、西村の頬がぴくりと痙攣《けいれん》した。

「なんだ」

笑顔で答える西村の顔はますます変に引き攣って見える。

「鉄砲玉には志願したのか。それとも四条に無理やり押し付けられたのか」

「……どちらでもいいだろう」

西村が吐きすてるように言ったところをみると、押し付けられたのかもしれないと高沢は思ったが、彼の言うよう『どちらでもいい』ことではあった。

タマ取りに失敗した鉄砲玉がどうなるか——命の保証はないことは、高沢とて知っていた。だがだからといって西村にタマを取らせてやるわけにはいかないのだと、高沢は彼に向かい、改めて一歩を踏み出した。

「撃つよ」

西村の顔が歪む。

「……お前には撃てないよ」

高沢の脳裏に、かつて同じように互いに銃を手に対峙《たいじ》したときの記憶が蘇った。

『お前に人は撃てないよ』

あのときは西村が高沢にそう言ったが、今、まさに同じ言葉を自分は西村に告げている。

だが西村が『撃てない』のは『人』ではなく、『自分』であるということが、高沢の胸に一言では説明のできない感慨を呼び起こしていた。

「……たいした自信だな」

馬鹿にしたような口調で西村はそう笑ったが、彼の銃口は震えていた。高沢がもう一歩を踏み出したとき、西村は銃を構えかけたが、そのまま銃口を下げると高沢を押しのけ、その場を駆け去ろうとした。

「西村！」

名を呼んだと同時に銃の安全装置が外れる音が高沢の耳に届き、はっとして振り返った彼の視界に、西村の背に向け真っ直ぐに銃口を向けている櫻内の姿が目に入った。

「よせっ」

西村が足を止め振り返る、彼と櫻内がかざした銃口の間に身を投げ出した自分の行動に、高沢は自分でも驚いていた。

「………」

西村は一瞬何かを言いかけたが、再び踵《きびす》を返すとその場を駆け去っていった。

「待てっ」

「この野郎っ」

ボディガードや若い衆が慌てて彼のあとを追おうとする。

「もういい」

が、彼らの動きは、銃を下ろした櫻内が一言で制した。

「ネズミ一匹にかかわりあうには時間が惜しい。式典を始めましょう」

早乙女に銃を渡し、櫻内が外の様子を呆然と見守っていた座敷の来客たちに声をかける。

ばたばたと慌《あわただ》しく若い衆が走りまわる中、櫻内は一瞬高沢を見やったがすぐにふいと視線を逸らすと、皆が恭《うやうや》しく頭を下げる座敷へと入っていった。

「まずはご列席のご一統様に申し上げます。ただいまより菱沼組五代目襲名披露式典を執《と》り行います」

よく響く渋い声が式典の開始を宣言する。媒酌人である岡村組の佐々木組長の声である。閉じられた障子の中、静謐《せいひつ》なおかつ重厚な雰囲気で式典が進んでいくのに、高沢は中庭の定位置に戻り、じっと耳を傾けていた。

襲撃に備えて周囲に注意は払っていたものの。ともすれば己の思考に身を委《ゆだ》ねてしまう自身を叱咤《しった》しながら、高沢は時間にして一時間にも満たない襲名披露式典がつつがなく終わるまで、じっとその場に蹲《うずくま》り閉じられた障子を見つめ続けた。

盛大な拍手が湧《わ》き起こった座敷から式典の終わりを告げる声が響き、やがて客人たちが順番に開かれた障子から廊下へと出てきた。

二百名を超える来賓たちが全て建物を出終わるには三十分ほどかかり、目黒の屋敷が静けさを取り戻したのは午後二時を回った頃だった。

高沢たちボディガードは、式典が終わったあとは帰っていいと言われていた。軽く目を見交わし、それじゃあ、とそれぞれに帰路につこうとしたそのとき、

「高沢」

名を呼ばれて振り返ったその場に、座敷から出てきた菱沼組五代目組長櫻内の姿があり、立ち去りかけていたボディガードは姿勢を正し、彼に頭を下げた。

「はい」

高沢も頭を下げ、櫻内の言葉を待つ。叱責だろうと高沢は予想していた。

西村を撃とうとしたその前に立ちはだかったことを、櫻内は不快に思っているに違いなかった。あの場で彼が発砲したとしたらそれこそ、周囲を取り囲む警察がなだれ込んできて式典どころではなくなっただろうが、己のしたいことを阻止されるのは櫻内の最も嫌うことだと、高沢は彼の傍にいたこの半年で、理解しすぎるほど理解していた。

それこそ解雇か――嚙み締めた唇の間から溜め息が漏れそうになるのを堪《こら》えていた高沢だが、櫻内が彼にかけた言葉は予想を大きく裏切るものだった。

「帰るぞ」

「……は？」

何を言われたのかわからず、戸惑って顔を上げた高沢に、櫻内は再び、

「帰るぞ」

と同じ言葉を繰り返し、すたすたと廊下を歩いていってしまった。

「…………？」

『帰る』とわざわざ宣言しなくてもと、首を傾げている高沢に、回り廊下から早乙女が裸足《はだし》のまま駆け下りてきて腕を摑んだ。

「あんた、なに愚図愚図してんだよ」

「なに？」

慌てた素振りの早乙女が高沢の腕を摑み、ずんずんと正門への道を歩き始める。

「『なに』じゃねえよ、組長が『帰る』と言ってンじゃねえか」

「……ああ」

確かに言ったがと、まだ意味がわからず問い返した高沢に、

「だーからっ」

早乙女が苛ついて大声を上げた。

「一緒に来いって意味だろうがよっ」

「え？」

まさか、と思っていた高沢だが、正面入り口で豪奢なリンカーンの前、櫻内がじろりと彼を睨《にら》んだあと後部シートに乗り込んでいったのを目の前にして、早乙女の言葉が正しかったとようやく気づいた。

「ほら」

早乙女に促されて、高沢はリンカーンに歩み寄ると、開いたままになっているドアから中を覗き込んだ。

「早くしろ」

櫻内が短くそう言い、自分の横の座席を示してみせる。

「……はい」

わけがわからないと思いながらも高沢が車に乗り込むと、控えていた早乙女が恭しい手つきでドアを閉めた。

「それでは参ります」

運転手は神部で、助手席には見覚えのある若い衆が座っていた。車が門に近づくと観音開きの門が開き、マスコミの記者たちがやたらとフラッシュを焚《た》いてきたが、濃いスモークガラスが彼らのフラッシュを遮った。クラクションを高く鳴らして道を開けさせ、やがて大通りに出る。渋滞のない中、快調に飛ばす車中で、高沢は一言も口を開こうとしない傍らの櫻内をちらと見たが、彼が何を考えているのか、無表情にも見えるその横顔からは少しもわからなかった。

車はすぐに松濤《しょうとう》の櫻内の自宅へと到着した。やはり自動で開閉する門を入り、地下駐車場へと車が停まると、櫻内は神部がドアを開けるより前に自分でドアを開け、外へと降りてしまった。慌てて高沢も車を降り、エレベーターへと向かう櫻内のあとを追う。

櫻内の自宅を高沢が訪れたのは初めてだった。早乙女からときどき、櫻内の自宅がどれだけ豪奢な建物かという噂は聞いていたが、実際に足を踏み入れた彼の家は、地上三階地下二階、敷地面積は軽く百坪は超えると思われる豪邸だった。地下二階の駐車場からエレベーターで地上三階まで上る。ごてごてとしたかざりはまるでなく、シンプルな装飾は櫻内の趣味なのだろう。無言のまま櫻内は三階の一番奥の部屋に進み、高沢も無言で彼のあとを追った。

「…………」

部屋に入ってみてそこが櫻内の寝室であることに気づいた高沢は思わず、自分を真っ直ぐにそこへと連れ込んだ櫻内の背中を見やった。高沢の視線に気づいたように、櫻内がゆっくりと彼へと向き直る。

「どうした」

呆然として言葉も出ない高沢に向かい、櫻内が微笑みながら一歩を踏み出してきた。

「……いや……」

なんと答えたらいいかわからず、立ち尽くしていた高沢の両腕を、櫻内ががしっと掴む。

痛いほどの力に眉を顰めた高沢は、信じられない言葉をその櫻内から聞いた。

「今日からここで暮らせ」

「え？」

言われた言葉の意味がストレートに伝わらぬほど、高沢にとってそれは意外な申し出だった。彼にしては珍しく素っ頓狂な声を上げてしまったのだが、そんな高沢を前に櫻内は黒曜石のごとき美しい瞳を細め、微笑みかけてきた。

「お前は俺の弱点だと広く世間に知れてしまったからな」

弱点は補強しないと、と言いながら、櫻内が高沢に顔を寄せてくる。

「……どうした、何をそんなに驚いている」

焦点が合わぬほどに近づいた櫻内の瞳が見開かれる。その瞳に己の顔が映っていることを信じがたく思うあまりに、高沢はつい、ぼそりと問いかけていた。

「……なぜだ」

「なぜ？」

何が『なぜ』だ、と問いながら、櫻内の手が高沢の腕から背に回り、ゆっくりと撫で下ろしてゆく。

「……まだ……俺は用済みじゃないのか」

「用済み？」

櫻内が驚いた声を上げたのと、彼の手が高沢の尻を摑んだのが同時だった。びく、と己の身体が震えると同時に、早くも下肢に欲情の疼きを感じてしまい、その動揺もあって高沢はいつになく、饒舌《じょうぜつ》に己の心情を語っていた。

「大阪に置いていったのは、俺がボディガードとして役立たずだと思ったからじゃないのか」

「実際役に立たなかっただろう。あの怪我では」

口調は冷静だったが櫻内の指先は性急な動きを見せ、服越しに高沢のそこをぐりぐりと抉《えぐ》ってくる。

「……それはそうだが……」

声が震えそうになるのを悟られたくなく俯いた高沢の腰をぐい、と抱き寄せ、ぎゅっと彼の尻を摑んだ櫻内が顔を覗き込んできた。

「……だがあのとき大阪にお前を置いていったのは、そのせいじゃないがね」

「……え……？」

顔を上げた途端、櫻内は高沢の背を抱くようにして傍らのベッドへと足を進め、ドサっと勢いよく高沢をシーツの上へと押し倒した。

「……っ」

きっちりとした和装のまま、櫻内が突然の動きに息を詰めた高沢の胸に伸《の》し掛かってくる。

「聞きたいか」

「…………」

櫻内の煌《きらめ》く瞳がじっと高沢を見下ろしていた。やや紅潮した白皙《はくせき》の頬、薄紅色に色づく形のいい唇。神の造形とはかくたるものかと思わせる完璧な美貌《びぼう》に圧倒され、高沢は知らぬ間に小さく頷いてしまっていたらしい。

「……ふふ」

櫻内の瞳が微笑みに細まり、彼の手が高沢の額にかかる髪を梳《す》き上げる。そうして露《あら》わにした高沢の額に己の額を合わせるようにしながら、櫻内は静かな口調で話し始めた。

「……あのときお前を手元に置いておいたとしたら……俺はたぶん激情に駆られるままお前を求めていただろう」

「…………」

櫻内の瞳に微かに影が差す。彼の脳裏には今、己が凌辱された画像が浮かんでいるのだろうと察した高沢は、突然胸に湧き起こったやりきれなさに戸惑い目を閉じた。

「……怪我をしていることにも構わず、壊すほどにお前を抱いていたに違いない……。あのビデオを観たときから既に自分を抑える自信がなかったからな。それで八木沼の兄貴に預けることにしたのさ」

「…………」

言い終わったと同時に櫻内の唇が高沢の額に押し当てられ、高沢は驚いて伏せていた目を上げ櫻内を見上げた。

「……なんだ」

視線に気づいた櫻内が少し身体を離し、高沢をまたじっと見下ろしてくる。

「……いや……」

高沢の胸のやりきれなさは、彼の視線を浴びるうちにますます増長していき、自分にも説明のつかぬ感情が高沢の口を塞《ふさ》いでいた。

「……何を考えている？」

黙り込んでしまった高沢の額に、頬に、唇に、軽いキスを落としてきながら、櫻内が物憂げな口調で問いかけてくる。

「……わからない……だが……」

優しい唇の感触が、高沢の胸をやたらと熱くする。激情にかられるというのはこういう感覚なのだろうかと思いながら高沢はその熱にかられるように、普段なら決して口にすることはないであろう言葉を口にしていた。

「……それこそあのビデオで……愛想をつかされたと思った」

「…………」

身体の上で櫻内が驚き息を呑《の》んだ気配を察し、高沢は自分がいかにらしくないことを呟《つぶや》いたのかを改めて知った。

「……いや……」

昨夜、早乙女にそのようなことを言われたのだと慌てて言い訳を口にしようとした高沢だ

が、彼が口を開くより前に櫻内が高らかに声を上げて笑い始め、高沢の言葉を遮った。

「何を言い出すのかと思ったら」

笑いながら櫻内が身体を起こし、高沢の腕を引いて彼の背をもベッドから起こさせる。高沢を座らせた傍らに櫻内は腰を下ろすと、

「いいか」

肩を抱き寄せ、顔を覗き込んできた。

「お前はもしかしたら、輪姦されたことを気にしているのかもしれないがな」

「…………」

いや、気にはしていないと言おうとした高沢の唇に、櫻内の指が、あたかも何も言うなというように押し当てられる。

「お前を犯した連中には腹が立つが、誰に犯されようともお前はお前だ。人に犯《や》られたくらいで俺の想いが揺らぐと思うか」

「…………」

少しの偽りも感じられない口調に、微笑みに細められた美しい黒い瞳に、高沢の胸はまた熱く滾《たぎ》り、焼け付くようなその感覚にたまらず高沢は櫻内へと身体を寄せた。

「どうした」

櫻内が相変わらず優しげな口調でそう問い、高沢の顔を覗き込んでくる。

「……壊せ」

『壊してしまうかと思った』という先ほどの櫻内の言葉が頭に残っていたのだろう。己の心情を告げるに最も相応しいと思う言葉を告げる自分の声を、高沢はどこか遠くに聞いていた。

櫻内の目が一瞬驚いたように見開かれ、瞳の星の数が増す。

「……後悔するぞ」

だがすぐにその美しき星は微笑みに細められた瞳の中へと吸い込まれてゆき、貪《むさぼ》るようなキスが高沢を襲った。

7

「待っていろ」

息苦しいほどの長いくちづけのあと、櫻内は身体を起こし、きっちりと着付けた和装を解き始めた。シュルシュルと紐《ひも》を解《ほど》く音と素早いその動きを眺めていた高沢も、自らシャツのボタンを外し、ジーンズを脱いで床へと落とした。

「…………」

まだ日の高い午後、窓から入る燦々《さんさん》とした日差しを受ける櫻内の裸体の美しさに高沢の劣情は煽《あお》られ、ごくりと生唾《なまつば》を飲み込んでしまった。やがて脱衣を終えた櫻内は高沢を振り返り、彼が既に全裸であることに少し驚いたような顔をして、高沢を瞬時いたたまれない思いにさせた。

「後悔するぞ」

先ほどと同じ言葉を囁きながら、櫻内がゆっくりと高沢へと覆いかぶさってくる。

「……あっ……」

噛み付くような勢いで首筋に食らいついてきた櫻内の掌《てのひら》が高沢の胸を這い、乱暴なほどの強さで胸の突起を擦《こす》り上げる。既に櫻内の雄は勃《た》ちかかっており、熱いそれが腹に擦れるたびに高沢の身体は震え、急速に彼を昂めていった。

自ら開いた両脚の膝を立てた高沢の動きに気づき、櫻内が顔を上げて微笑んでくる。そのまま身体を落としていった櫻内は高沢の両脚を更に開かせ、熱く震える彼の雄を口に含んだ。

「……あっ……」

高沢の背が大きく仰け反り、ベッドから浮き上がる。むしゃぶりつくように雄を舌で、指で攻め立てられ、高沢は髪を振り乱して与えられる快楽の大きさにのたうちまくった。

「あぁっ……」

零《こぼ》れ落ちる先走りの液を櫻内の指先が追いかけ、既にひくついていた高沢の後ろを解《ほぐ》し始める。ぐいぐいと指で奥を突かれるのと同時に、口に含んだ自身の先端に舌を絡められ、高沢はもう達してしまうと、たまらず櫻内の髪を摑んだ。

「…………」

櫻内が高沢を口におさめたまま顔を上げ、目を細めて微笑んでみせる。

白磁を思わせる彼の白い肌は今紅潮し、少し汗ばんで輝くような美しさを見せていた。煌く瞳も、紅《あか》く色づく唇も、端整というには余りあるほどに整っているのに、彼が咥《くわ》える己の雄はグロテスクで、そのさまがまた、高沢の劣情を煽ってゆく。びく、と櫻内の口の中で彼の雄は更に硬度を増し、またも櫻内はそれに目を細めて微笑むと、ゆっくりとそれを口から取り出し、長く伸ばした舌で先端を舐《ねぶ》ってみせた。

「やっ……」

先端に盛り上がる先走りの液を舐《な》め取った舌が、そのまま裏筋を舐め下ろし、唇が竿《さお》を下る。その間に後ろに挿《い》れられた指は三本に増え、乱暴なくらいの強さで高沢の中をかき回し始めた。

「あっ……はぁっ……あっ……あっあっ……」

いきなり快楽の絶頂へと追い立てられるのに必死で高沢は達するのを堪え、櫻内の口から己の雄を取り上げようと手を伸ばした。わかったというように櫻内は笑うと身体を起こし、高沢の両脚を抱え上げて彼の身体を二つ折りにする。

「あっ……」

彼の指を失い、ひくひくと蠢《うごめ》くそこを晒される羞恥《しゅうち》を感じる余裕は既に高沢にはなかった。欲するものは目の前、黒光りするそれは既に勃ちきり、先走りの液を滲《にじ》ませている。

「食いついてこい」

ふふ、と櫻内は笑い、高沢の後ろに先端を擦り付けてくる。

「あっ……」

櫻内の言葉に誘われたかのように己の腰が浮いてゆくのを、高沢はまるで他人の身体の動きのように感じていた。

焦《じ》らそうにも櫻内にもその余裕はなかったようで、ずぶりと太いその先端が高沢のそこへと挿入される。

「んっ……んんっ……」

ずぶずぶと挿《はい》ってくるその質感に高沢の身体はうねり、気づいたときには自ら両脚を櫻内の背に回し、ぐい、と彼の身体を引き寄せてしまっていた。

「……今日は随分、積極的だな」

欲情に掠れた櫻内の声を聞いたと同時に、ぐい、と腰を進められ、高沢の意識は滾る快楽の淵《ふち》へとあっという間に飲み込まれていった。

「あっ……はぁっ……あっ……あっ……あっ……」

激しい律動に、奥底を抉るその雄の力強さに、一気に頂点へと上り詰めた高沢は早々に達し、二人の腹の間に白濁の液を飛ばしていた。

「……っ」

櫻内の動きが一瞬止まる。が、すぐにまた高沢の両脚を抱え直すと、更に激しい突き上げが彼の身体を襲った。

「……あっ……」

ズンズンと規則正しいそのリズムに、ぼこぼことした特徴のあるそれが内壁を擦り上げ、擦り下ろすその感触に、何より目の前で上下する美しい胸の隆起のラインに、達したばかりであるのに再び高沢の雄は熱を持ち、身体の奥から快楽の焔《ほむら》が再び燃え上がってくる。

「あっ……はぁっ……あっ……あっ……あっ……」

いつしかまた高く声を上げ始めた高沢を見下ろし、櫻内が微笑んだと同時に、腰の動きが更に激しくなった。

「……っ」

く、と小さく声を漏らして櫻内が高沢の中に精を吐き出す。

「あぁっ……」

ほぼ同時に高沢も二度目の絶頂を迎え、はあはあと息を乱している櫻内が身体を落としてくることを予測し、両手を広げて彼の首に縋り付こうとした。

「……え……」

だが櫻内の身体はいつまで待っても高沢の上に覆いかぶさってくることはなく、逆に両脚をまた高く抱え上げられたことに驚き、高沢は薄く目を開いた。

「あ……」

高沢の目に、またもゆっくりと抜き差しを始める櫻内の姿が映る。ぼこぼことしたそれが内壁を捲《めく》り上げるたびに、後ろは熱くわななき震えていたが、高沢の息は切れ、身体は休息を欲していた。

「……待ってくれ……」

次第に腰の動きを速めてくる櫻内に向かって両手を伸ばし、インターバルを申し出た高沢の前で、櫻内は楽しげに声を上げて笑った。

「だから後悔すると言ったろう」

「……あっ……」

そんな、と抗議の言葉を口にしようとした高沢の声は、再び始まる激しい突き上げの前に、熱い喘《あえ》ぎに紛れてゆく。彼が己の選択を悔いる余裕を取り戻すまでの数時間、櫻内の濃厚な行為が高沢の身体をこれでもかというほどに攻め苛むことになった。


日が沈みきったあとも櫻内は高沢の身体を離そうとしなかった。夕食の支度ができたと使用人が遠慮深く声をかけてきたのにも、彼は行為を中断しようとせず、わざわざ食事を寝室へと運ばせ、高沢を腹の上に乗せたまま食べるといい出し彼を慌てさせた。

「……もう、勘弁してくれ……」

ここまで真剣に泣きを入れたことは今までなかったというほど、高沢は疲れ果てていた。櫻内は自身を決して抜こうとせず、高沢の後ろはすっかり感覚がなくなっているほどだった。それなのに櫻内はインターバルを置いたあと思い出したように彼を突き上げ続け、高沢はもう息も絶え絶えという状態だった。

「仕方がないな」

ようやく櫻内が高沢を解放してくれたのは夜も随分更けてからで、そのときには高沢の意識は混濁し、うわ言を口走るようにすらなっていた。

「大丈夫か」

さすがに心配したのか、櫻内が問いかけてくるのに頷いたような、それすらできなかったような曖昧《あいまい》な記憶を最後に高沢はそのまま気を失い、泥のように眠り込んでしまったようだった。

翌朝、高沢が目覚めたとき、一番に目に飛び込んできたのは自身の身体をしっかりと抱き締め眠る櫻内の端整な顔だった。

「…………」

あまりに近いところにあるその顔の造形の見事さに、高沢は思わず息を詰め、じっと見入ってしまっていた。

微かに唇が動いているので、息をしていることはわかる。が、彫像だといわれればそのま信じてしまうような、整いすぎるほどに整った綺麗な顔だった。男にしては長い睫《まつげ》がおちる白皙の頬は色艶《いろつや》もよく、昨夜の行為の疲れを微塵《みじん》も感じさせない。高い鼻梁《びりょう》。薄すぎず厚すぎない形のいい唇——美の結晶ともいうべき美しい顔を持つこの男は、昨日関東一円を治める大規模な組織の長となり、今後も華麗に君臨し続けるのだろう。

たおやかな外見を裏切る凶暴さを備え持つこの男はきっと、手にしたいと思った全てのものを摑み取ってきたのだろう。望むものの全てを摑んできた彼の手が今、しっかりと抱えているのは己の背だというのがまた信じられないと、高沢は小さく溜め息をつくとそっと今まで頬を寄せていた櫻内の胸にまた顔を埋《うず》める。

綺麗に筋肉が盛り上がるその胸から、規則正しい鼓動が響いてくる。鼓動に合わせ、高沢の耳に昨日の櫻内の言葉が蘇った。

『誰に犯されようともお前はお前だ。人に犯《や》られたくらいで俺の想いが揺らぐと思うか』

力強い言葉だった——少しも揺るがぬ自信に満ちたその言葉に、己の胸は熱く滾ったのだったと思いながら、高沢は微かに上下する櫻内の胸にそっと唇を寄せた。

己の胸を焼くあの熱く滾るような気持ちがなんなのか、今ならわかる気がする——高沢は心の中で一人呟き、すべらかな櫻内の白い肌に唇を押し当てる。

それはきっと——。

「……っ」

高沢の思考は、不意に伸びてきた櫻内の手にぎゅっと尻を摑まれたことで途切れた。

「おはよう」

にっこりと目を細めて笑う櫻内の声の爽やかさに悪態をつく間もなく、いきなり侵入してきた指でぐい、と中を抉られ、高沢は、うっと息を詰める。

「……起きていたのか」

「熱い視線のあとは、熱いくちづけか。随分積極的になったものだな」

「……よせっ……」

照れもあったが、容赦なく内側を弄《いじ》ってくる櫻内の指から逃れたくもあり、高沢は慌てて彼の胸を押しやりその腕から逃れようとした。が、勢いよく身体を起こした櫻内に逆に押さえ込まれ、うつ伏せのまま無理やり高く腰を上げさせられる姿勢をとらされることになった。

「おい……っ……朝から……」

腹を抱え上げた手が萎《な》えた高沢の雄を握り、もう片方の手が彼の後ろを弄ってゆく。昨日の行為に疲れ果てた身体はそれでも櫻内の愛撫《あいぶ》に熱を取り戻し、息が乱れ始めたことに高沢は狼狽《ろうばい》して肩越しに櫻内を振り返った。

「朝がどうした」

ふふ、と笑った櫻内はこれ見よがしに勃ちきった自身で高沢の尻を撫で上げる。

「……よせ……」

びく、と自身の身体が震え、挿れられた指をぎゅっと締め上げるのがわかり、高沢はたまらず声を上げたが、あまりに弱々しい拒絶だと自分でも思うその声に、櫻内の哄笑《こうしょう》が重なった。

「ここは『きて』と言ってるじゃないか」

ほら、と更に奥を抉られ、高沢の身体がまたびく、と震える。

「ほら、ここもイきたいと言ってるし」

先端をぐりぐりと爪で抉りながら耳元で囁く櫻内の息が耳朶を擽《くすぐ》り、尚《なお》も高沢を昂めてゆく。

「好色なカラダを相手にするのも大変だよ」

「馬鹿なっ……」

あはは、と声を上げて笑う櫻内を、高沢はまた肩越しに振り返って睨みつけたが、同時に指のかわりに猛る雄をそこへと与えられ、その質感に息を呑んだ。

「……な？　……もっと奥へ、と誘ってるだろう？」

「やめっ……あっ……」

櫻内の言うよう、ゆっくりと腰を進める彼の動きをもどかしがり、高沢のそこがぎゅっと締まる。自分でもコントロールできぬ身体の動きに戸惑いを覚える高沢の耳元で、櫻内がまた楽しげに笑った。

「たまには素直に、『きて』くらい言って欲しいものだな」

「誰が……っ……あっ……」

悪態をつこうとした彼の声は、胸の突起を摘《つま》み上げられる刺激に喘ぎへと変わった。ぷっくらと勃ちあがったそれを愛しげに櫻内は指先でこねくりまわし、彼の息を上げさせてゆく。

「……あっ……はぁっ……あっ……あっ……」

次第に律動のスピードが上がり、胸を、雄を弄る櫻内の手の動きが激しくなる。

『よせ』という制止の声は最早高沢の口から発せられることはなく、彼の高い嬌声《きょうせい》が暫し櫻内の寝室に響き渡った。


朝から激しく求められ、起き上がる気力もなく上掛けに包まる高沢に反し、櫻内は何事もなかったかのように一人起き出し、シャワーを浴びたあとはきびきびと身支度を整え始めた。

朝食もベッドルームでとるという彼の指示に使用人は顔色ひとつ変えずに従い、ホテルのルームサービスさながらにしつらえたテーブルに二人分の食事を用意して去っていった。

「起きられるか」

「……ああ」

きっちりと服を着込んだ櫻内を前に、鉛のように重い己の身体を持て余していた高沢は思わず、

「一体どういう身体の構造をしてるんだ」

そう櫻内に問いかけ、「さあねえ」とまた彼を笑わせた。

その櫻内の手を借りてなんとか起き出し、テーブルについたところで、

「組長」

聞き覚えのある声がドアの向こうから響いてきて、高沢を慌てさせた。起きるのがやっとで未だ彼は全裸のままだったからである。

だが櫻内はまるで気にする素振りを見せず、

「入れ」

とドアの向こうに声をかけ、高沢はそんな彼を恨みがましく睨んだ。

「失礼します」

入ってきたのは高沢が予測したとおり、早乙女だった。部屋に足を踏み入れたとき、高沢の姿に気づいた彼は一瞬ぎょっとした顔になったが、櫻内に、

「なんだ」

と再び声をかけられ、傍目《はため》にも必死とわかる様子で冷静さを取り戻すと、

「先ほど八木沼組長より連絡が入りましたのでそのご報告に」

しどろもどろになりながらも用件を話し始めた。

「なんだ。四条のことか？」

「そのとおりです」

早乙女も、そして傍らで聞くともなしに聞いていた高沢も驚いて思わず櫻内の顔を見やったのだが、櫻内は二人の視線などには構わず、

「用件は」

と早乙女に話の続きを促した。

「失礼しました。今朝方、四条の死体が大阪南港の埠頭《ふとう》に上がったそうです」

「……そうか」

櫻内は一瞬考える素振りをしたが、すぐに早乙女に視線を向けると、

「死体の状況は」

と問いを重ねた。

「銃殺です。ほぼ滅多撃ちの状態だったそうで」

「そうか」

櫻内が頷く横で、高沢は一体どういうことだと考えを巡らせていた。

四条の死体があがったということを八木沼が報告してきたことがどういう意味をもつのか、考えられる可能性は二つある。

一つは八木沼が櫻内に約したとおり、同じ組でのいざこざにきっちり落とし前をつけたと報告をよこしたという場合。だがもしそうだとしたら、櫻内は八木沼への礼を早乙女に託するのではないだろうか。

もう一つの可能性は、八木沼ではない何者かが四条の命を奪い、それを八木沼が報告してきたというものだが、『滅多撃ちの状態だったらしい』という早乙女の言葉から、今回は後者ではないかと高沢は考えていた。

四条の命を奪ったのが誰か——高沢の頭に、一人の男の名が浮かぶ。

拳銃を持ったまま逃走した『彼』の仕業ではないかと思ったのは高沢だけではないようで、指示を待つ早乙女に、櫻内はこんな伝言を託した。

「他に何かわかったことがあったら、お手数だが報告してほしいと八木沼組長には伝えてくれ」

「わかりやした」

それでは、と早乙女が早々にその場を去ろうとするのを、何を思ったのか櫻内が呼び止めた。

「待て」

「はい？」

振り返った途端、また高沢の姿が目に入ったようで、早乙女はバツの悪い顔をし視線を逸らした。高沢もどんな顔をしたらいいかわからず、所在なく俯いてみる。

だが櫻内がさも当たり前のように言い放った言葉にはさすがに驚き、高沢は抗議の声を上げていた。

「ボディガードのローテーションから、当分高沢を外したい」

「なんだと？」

どういうことだと気色《けしき》ばむ高沢と、涼しい顔をしている櫻内の様子を、早乙女がはらはらしながら見つめていた。

「言っただろう。お前が俺の欠点だと広く世間に知られてしまったと」

「それとボディガードを休むのとどういう関係があるんだ」

「わからないのか」

櫻内は呆れたように肩を竦めると、「あのな」と高沢の顔を覗き込んだ。

「ボディガードのボディガードを俺に雇わせようとでもいうのか？」

「自分の身くらい自分で守る」

「実際守れなかっただろう」

ぴしゃりとそう言われてしまってはそれが事実なだけに何も言えず、ぐっと言葉を飲んだ高沢に、櫻内はまるで子供に言い聞かせるような口調になった。

「『当分の間』だ。ここでの生活に慣れるまで休めというだけの話じゃないか。そんなに恨みがましい目で睨むようなことじゃないだろう」

「………」

それでも高沢が無言でいると、櫻内はやれやれ、といわんばかりの溜め息をつき、高沢の肩を摑んだ。

「別にお前から銃を取り上げようというわけじゃない。なんなら地下にお前専用の練習場を作ってやってもいい」

「……奥多摩に通うからいい」

そこまで言われてしまっては納得するしかないと、不本意ながらもぼそりと答えた高沢の前で、櫻内はあからさまにほっとした顔になった。

「まったく。銃が絡むとすぐムキになる。お前はそれしか興味がないのかね」

呆れた口調でそう言う櫻内の手が高沢の肩から首、そして頰へと移ってゆく。

「たまには俺に愛の言葉でも囁いて欲しいものだよ」

「あの……」

熱く囁く櫻内の声を、遠慮深く早乙女が遮った。

「それじゃあローテーションは」

「ああ、今月一杯は高沢抜きで。来月からまた組み込んでくれ」

痴話喧嘩《げんか》めいたやりとりを聞かれていたことに改めて気づき、顔を赤らめたのは高沢だけ

で、櫻内は気にする素振りもみせずに淡々とそう告げると、

「下がっていいぞ」

と早乙女を部屋から追い出した。

「失礼します」

ひどくバツの悪そうな顔をした早乙女が部屋を出てゆくと、

「さてと」

櫻内がさも当たり前のように立ち上がって高沢へと歩み寄り、椅子から彼の身体を抱き上げた。

「おい?」

どさっとベッドへと放り投げられ、驚きの声を上げる高沢に、櫻内が覆いかぶさってくる。

「さっきの続きだ」

「続き?」

なんのことだと眉を顰めた高沢の胸を、櫻内の掌が撫で上げた。

「……よせ」

「聞かせてくれ」

胸を弄る手を摑んだ高沢の耳に唇を寄せ、櫻内が熱く囁いてくる。

「なにを」

「愛の言葉を」

言いながら櫻内は高沢の手を振り払い、再びその身体を弄り始める。

「出かけるんじゃないのか……っ」

よせ、とその手を振り払おうとする両手を捉《とら》え、頭の上で押さえ込んで尚、愛撫を続ける櫻内に、高沢がたまらず大声を上げる。

「あと二十分もある。一回はできるな」

「もう充分しただろう」

冗談じゃないと身体を捩《よじ》って逃れようとする高沢を押さえ込みながら、櫻内が苦笑する。

「ムードも何もあったもんじゃない」

「……何がムードだ……っ……あっ……」

よせ、と暴れる高沢を見下ろし、櫻内はまた苦笑すると、

「仕方がない。愛の言葉は諦《あきら》めて、お前の喘ぎで我慢してやるよ」

恩着せがましくそう言い、馬鹿なと睨んだ高沢の両脚を抱え上げた。


きっちり二十分後に櫻内は高沢の身体を離し、それまでの行為の名残《なごり》も見せぬ爽やかな顔

で部屋を出ていった。

「…………」

化け物か、と高沢は尽きることをしらない櫻内の性欲にほとほと呆れ果てながら、なんとか身体を起こすと床に落ちていたシャツを身につけ、窓辺へと向かった。櫻内が出かけるところを上から眺めようかと思ったのだ。

今日、彼が選んだのは昨日の車よりは一回り小さいドイツ車だった。地下駐車場から出てきた車が門を出てゆくのを見送る高沢の脳裏に、櫻内の黒曜石のごとき輝きを見せる美しい瞳の幻が浮かぶ。

『たまには俺に愛の言葉でも囁いて欲しいものだよ』

愛の言葉――『愛している』とでも言えばよかったのだろうかと、ぼんやりと考えている自分に気づき、高沢は一人苦笑すると窓辺を離れてまたベッドへと戻った。精も根も尽き果てた身体は起きているのも辛く、もう一眠りすることにしたのである。

昨日から何度となく櫻内とともに絶頂を迎えたベッドの温もりが、酷く心地よく感じる。

愛か――なぜか頭に浮かんでやまないその言葉が実は、既に己の内に芽生えつつあるということに気づくより前に、高沢は深い眠りの世界へと引き込まれていった。

一ヶ月後、高沢は約束どおりボディガードの職に復帰した。

四条を殺した犯人は結局挙がらなかったと八木沼から連絡が入った。高沢の読みどおり、四条殺害は八木沼の与《あずか》り知らぬことだったらしく、警察には組同士の抗争ではないかと散々疑われて不愉快やったと、櫻内相手に随分憤っていたという。

高沢が密《ひそ》かに四条殺しの犯人ではないかと疑う西村の行方は杳《よう》として知れず、八木沼にも、そして情報通の三室教官の耳にも噂の一つも入っていないとのことだった。

「どこかで野垂れ死んだか、それとも海外に高飛びでもしたか」

忽然《こつぜん》と姿を消した西村の行方を三室はそう推察していたが、多分、どちらでもないと高沢は思っていた。

きっと彼はこの日本のどこかで息を詰めるようにして生きているに違いない——それが単なる自分の希望的観測であるとはわかっていたが、二度と彼の顔を見たくないというのもまた、高沢の心からの希望であった。

相変わらず櫻内は忙しい毎日を送っていたが、夜は当然のように必ず高沢に同衾《どうきん》を求めた。

「……いい加減、勘弁してくれ」

濃厚な行為に高沢が音を上げるたびに、櫻内は悪戯っぽい笑いを浮かべ囁いてくる。

「『壊せ』と言ったのはお前だろう」

自分の言葉には責任をとってもらおうと嘯《うそぶ》く櫻内の絶倫さに辟易としながらも、高沢がこの関東一円を治める美貌の極道に射撃以上の興味を抱《いだ》きつつあるのもまた、紛う方なき事実である。

後日談

1

高沢《たかざわ》が櫻内《さくらうち》の自宅で暮らすようになり、早ふた月が過ぎた。

松濤《しょうとう》にあるその家は、地上三階地下二階の、小ぶりの高級マンションのような外観をしていた。地下二階が駐車場となっており、国産車、外車合わせて十数台の高級車が置かれている。地下一階がプールも備えたジムと警備室、地上一階に大広間のような応接室やら食堂やらがあり、二階がそれぞれにバスルームのついた五つの客室、そして三階が櫻内の生活スペースとなっていた。

住み込みの若い衆たちは、母屋《おもや》とは地下通路で繋《つな》がっている二階建ての別棟に住んでいる。松濤という高級住宅地でありながらにして、敷地面積は軽く二百坪を超え、百坪ほどの母屋の前には英国式の庭園が開けているという、豪奢《ごうしゃ》――というにはあまりある立派な屋敷に櫻内は住んでいた。

調度の一つ一つにこだわりが感じられるこの家の家具はすべてイタリア製であるという。統一感のあるセンスのよさと、高級感溢《あふ》れる内装をしているこの屋敷はただ豪勢なだけの建物ではなく、まるで要塞《ようさい》のような警備設備を備え持つ、櫻内の城であった。

警備室には常に住み込みの若い衆が五名ずつ待機し、不審者の侵入に目を光らせていた。立派な造りの門や屋敷を取り巻く高い塀はたいていの爆発物を遮断するほど強固な材質でできており、屋敷のそこかしこに隠された武器庫には、そのまま戦争にでも行けそうな数の武器が常に完備されていた。

未だにこの櫻内の私邸を襲撃しようという勇気のある者は現れていないというが、たとえ現れたとしても、それこそ戦車でも出動させないかぎりは侵入することすらできないだろう。まさに敵知らずの櫻内を象徴するような屋敷だと高沢は感嘆せずにはいられなかった。

高沢に与えられたのは二階の角部屋だった。五代目襲名披露の当日、櫻内が高沢を連れ帰り、そのまま暮らすことになったのだが、実はその時点で既に高沢用の部屋は用意されていたらしい。

それを高沢に教えてくれたのは早乙女《さおとめ》で、客用の寝室を改造して生活するのに何一つ不自由ないようにしたのだと、あたかも自分の指示でそれがなされたかのように自慢してきたのだった。

「この部屋があんたのもんだって、俺ぁすぐ気づいたぜ」

「……そうか」

以前も高沢の引越しは、櫻内に命じられて彼がしたのだったが、今回もまた、落合《おちあい》のマンションから荷物を引き払い、新しい部屋へと運んだのは彼だった。高沢がいくら自分でやるといっても櫻内が首を縦に振らず、勝手に早乙女に指示を出したのである。

落合の家にあった高沢の荷物は殆《ほとん》どが櫻内に買い与えられたものだった。袖《そで》を通したこともない高級な衣服は、松濤の家ではいつの間にかその量が倍になっており、倹《つま》しい生活しか送ってきたことのない高沢には過ぎるほどの華美な装飾品もまた、落合の部屋の倍はあった。

改装前も充分快適な部屋だったらしいが、簡単なキッチンや書斎、それに浴室の前に身体を動かせる運動スペースを作り、高沢が生活するのに適した設備を整えたのだという。壁一面が鏡になっているその場所は、射撃のフォームを見るのにいいと高沢も重宝していた。

「風呂にも凝ってたなあ。ジャグジーにサウナがあるだろ？」

「ああ」

実は自分の部屋の浴室をあまり使ったことがないということは、面倒だから黙っていようと高沢は適当に言葉を濁した。浴室だけではなく、寝室も滅多に使うことはない。

その理由は言うまでもなく、落合に居た頃と同じく毎夜、彼が——櫻内が高沢をベッドに誘うからだった。

ボディガードとしての高沢の出勤は、新しく組まれたローテーションで三日に一日となったが、櫻内はそれこそ早朝から深夜まで、忙《せわ》しく全国を飛び回っていた。

櫻内の五代目襲名は久々の大組織の代目杯であったとのことで、全国津々浦々の名のある組長より、常人が聞いたら腰を抜かすほどの祝儀が集まったという。今、櫻内はその返礼に回っている最中なのだが、中には数千万のロールスロイスを届けた組長もいた。一般に返礼は半返しと相場が決まっているそうだが、となると受け取った祝儀がいくらになるか、想像するに難くない。

そんな相手が全国に何人もいるものだから、櫻内は今日は北海道、明日は九州とそれこそ休む間もなく飛び回っているのだが、それでも必ず夜には自宅へと戻ってきた。

櫻内の車が門へと到着すると、頼んだわけでもないのに見張りの若い衆から高沢の部屋に連絡が入る。そのあと間もなく櫻内から呼び出しがかかり、共に彼の部屋で食事をとることもあれば、そのままベッドに直行することもある、それが日常になっていた。

早乙女は櫻内の留守を狙《ねら》って高沢の許《もと》をよく訪れていたが、早乙女以外の若い衆とは、たとえ住み込みの者であってもまったくといっていいほど接触がなかった。

そのかわり、というわけではないが、櫻内の食事の支度や、掃除洗濯などの家事全般を行っている家政婦たちとの接触はかなり多かった。櫻内の世話同様、彼女たちは高沢の世話も甲斐甲斐《かいがい》しく焼いてくれ、人に何かをしてもらうことに不慣れな高沢を毎日恐縮させていた。

家政婦たちは高沢に対し、櫻内に対するのと同じ恭《うやうや》しい態度で接した。若い衆が櫻内の伝言を届けにくるときも、最上級の敬意を払っているのがありありとわかり、まったく居心地が悪いと早乙女に零《こぼ》すと、

「そりゃあ当たり前だろう」

早乙女は大仰に呆《あき》れてみせた。

「組長の愛人に敬意を払わねえ奴はいねえだろうよ」

そもそも若い衆たちが高沢と接触を持たぬのも、皆が櫻内の悋気《りんき》に触れぬよう気を遣っているからだとも教えられ、高沢はなんともいえない気持ちになった。

「……愛人ね……」

確かに毎夜、櫻内の濃厚な愛撫《あいぶ》に嬌声《きょうせい》を上げる自分は彼の『愛人』以外の何者でもないとは思うが、そのポジションを受け入れるのにはやはり抵抗を感じてしまう。

その『抵抗』を高沢が最も覚えるのが、奥多摩《おくたま》の射撃練習場であった。

櫻内の命令で一ヶ月ボディガードの職を休むことになったその間、高沢はほぼ毎日のように奥多摩の練習場を訪れた。

武闘派として名を馳《は》せた櫻内は、組員たちの鍛錬に並々ならぬ情熱を注いでいた。その顕著な表れがこの、奥多摩の大規模な射撃練習場で、警察や自衛隊にも負けぬ設備と指導力を誇っていた。

その指導力の要となっているのが、三室《みむろ》という射撃場の管理人なのだが、高沢の知る中でこれほど射撃の指導に長《た》けているものはいないだろうという彼は、かつて警察学校で高沢が指導を受けた『教官』であった。定年で警察を退いた彼にすかさず櫻内が声をかけ、射撃練習場の建設から運営まですべてを任せたのだという。

射撃の魅力に囚《とら》われ、銃さえ撃てれば満足であるという自負を持つ高沢は、自分と同じ匂《にお》いを三室の中に感じていた。警察を定年退官した直後に、ヤクザが射撃練習場を作るのに手を貸した、ある意味警察官としてのモラルを問われる行動は、高沢が拳銃につられて櫻内のボディガードの職を引き受けてしまったのとよく似ていた。

三室も高沢と共通の意識を抱《いだ》いているのか、警察にいた頃も、互いにその警察を辞め思わぬ再会を果たしたあとも、何かと高沢には目をかけてくれていた。高沢も昔馴染《なじ》みのこの教官には、あまり他人に抱いたことのない感情を——共感といおうか、親しみといおうか——抱いていたのだが、櫻内はそれが気に入らなかったらしい。

『昔はどうあれ、今、コレは俺の女だ。口の利き方に気をつけるんだな』

ピシャリ、と三室に釘《くぎ》を刺したおかげで、以来三室は高沢に対してそれこそ口の利き方に気をつけた態度で接するようになり、高沢が練習場を訪れてもあまり顔を見せなくなった。

櫻内の襲名披露の式典が無事終わったあと、高沢が練習場を訪れたときに、珍しく三室の方から声をかけてきた。

「少しいいですか」

「勿論《もちろん》です」

高沢も、西村が鉄砲玉にされた連絡を入れてくれたことへの礼を言いたいと思っていたので迷わず彼の誘いに乗り、久々に通された三室の部屋『管理人室』で二人は向かい合った。

「先日はどうもありがとうございました」

深く頭を下げた高沢に、

「当然のことをしたまでです」

顔を上げてください、と三室は相変わらずの敬語で接してきて、高沢を恐縮させた。

「教官、勘弁してください」

「……お前を困らせるつもりはないが」

更に頭を下げた高沢の前で、室内に彼ら以外の人間がいなかったからだろう、三室が苦笑し敬語を解いた。

「雇用主の命令だからな。従わないわけにはいかないだろう」

「…………」

そう言われてしまっては返す言葉がない。困って黙り込んだ高沢に三室は端整な顔をまた苦笑に綻《ほころ》ばせたあと、話題をもとへと戻した。

「まさかあのときお前が大阪にいたとは思わなかった。大変な目に遭ったらしいな」

「……ええ、まあ……」

自分が遭った『大変な目』がどこまで具体的に三室の耳に入っているのかと高沢は彼の表情から量ろうとしたが、高沢ごときに心情を悟らせる三室ではなかった。

「無事で何よりだ」

「ご心配をおかけしまして」

まあ情報通の彼の耳に入らぬわけはないかと頭を下げた高沢は、そういえば、と八木沼《やぎぬま》の射撃練習場の管理人、高橋《たかはし》のことを思い出した。

「あの」

三室には世話になったと言っていた高橋のことを、伝言が遅くなった詫《わ》びを交えて伝えると、三室はすぐに思い当たったように、

「ああ」

と懐かしそうな顔をした。

「後輩だよ。確か五つ下だったか。現役時代、射撃の全国大会ではライバルだった」

「そうでしたか」

三室がライバルというからには、あの高橋という男の射撃の腕前も相当なものなのだろう。やはり彼も自分や三室と同じく銃に魅《み》せられた結果、極道の世界とのかかわりをもつようになったのだろうかと高沢が考えたのと同じようなことを思ったのか、

「東と西で、もと警察官が似たような第二の人生を歩んでいるというのも奇遇だな」

三室はそう言い、肩を竦《すく》めて笑ってみせた。

「そうですね」

「奇遇といえば、お前と西村《にしむら》の縁も奇遇としか言いようがないいな」

相槌《あいづち》を打ったところに不意に西村の名を出され、高沢は一瞬言葉を失った。

「どうした」

高沢の微《かす》かな動揺を三室は敏感に察して問いかけてくる。

「……いえ……」

西村か――確かに自分と西村も警察を辞めたあと、第二の人生を極道とかかわり合いながら生きている。そういう意味では三室の言うとおり『奇遇』であるのかもしれないが、今回に限って彼との『縁』は偶然芽生えたものではなかった。

「西村と何かあったのか」

三室に問いを重ねられ、高沢はどう答えようかと迷い暫《しば》し口を閉ざした。

『もしかしたら俺は、ずっとお前を抱きたかったのかもしれない』

にこやかに笑いながら己を陵辱《りょうじょく》した西村の端整な顔が、高沢の脳裏に蘇《よみがえ》る。

今回、高沢が三室の言うところの『酷《ひど》い目』に遭ったのは、西村の策略によるものだった。

その理由が、かつて彼に警察を辞めさせたことへの復讐《ふくしゅう》とでもいうのであれば、高沢にもまだ彼の気持ちが理解できた。

だが西村はまるで高沢の理解できないことを言い、理解できない行為に及んだ。彼が一体何を考え、何を感じていたのかがまるでわからないのだと高沢は、

「西村のことがわからなくなりまして」

さんざん考えたあと、あまり答えになっていない答えを返した。

「……そうか」

三室は何か思うところがあるのか、そんな高沢をじっと見据えていたが、長時間の凝視に耐えかね「あの」と高沢が声をかけると、なんでもない、というように笑ってみせた。

「……西村が今ここにいたら同じことを言うんじゃないかと思ってな」

「……同じことを……」

どういう意味だろうと問い返した高沢に、三室は一瞬どうしようかなという表情をしたあと、

「まさか彼も、お前がヤクザの愛人になるとは思わなかったということだよ」

さらりとそう言い、高沢を絶句させた。

「気に障ったのなら謝る」

「いえ……」

黙り込んだ高沢の心情をどう読んだのか謝罪をしてきた三室に、高沢は首を横に振った。

「一つ尋ねたいことがあるんだが」

そんな高沢の顔をまたもじっと見据えながら、三室が問いかけてくる。

「なんでしょう」

「なぜ櫻内の愛人でいる？」

「…………」

理由を改めて問われ、高沢はまたも言葉に詰まった。

愛人になったのは高沢の意思ではなく、櫻内の意思だった。陵辱から始まった関係に理由はない。

だが未だに彼の愛人に甘んじているのは、自分の意思だった。それがなぜかと問われた今、これ、という確たる理由を高沢はすぐ言葉にすることができなかった。

否、言葉にすることができない、というよりは――。

「……よくわかりません」

正直に告げた高沢に、三室は一瞬唖然《あぜん》とした顔になったがやがて、

「……自分のこともわからないようでは、人のことなどわかるまい」

そう笑うと、もういい、というように高沢の肩を叩《たた》いた。

「また西村の消息が耳に入ったら連絡する」

「ありがとうございます」

部屋を辞すとき三室はそう高沢の肩を叩いたが、その後彼から西村の行方についての連絡はなかった。

それから一ヶ月してボディガードとしての任務に復帰すると、高沢の日常は今までとあまり変わらぬものとなった。高沢にとっては、警察に勤めていた頃の安アパートも、落合に用意された豪華なマンションの一室も、そしてここ、松濤の屋敷の豪奢な部屋も、どれも単なる『寝起きの場所』でしかないため、環境の変化は彼にそれほどの影響を及ぼさなかったのである。

生活パターンは殆ど変わらなかったが、ただひとつ、朝食をとるようになったのが変化といえないこともなかった。健啖家《けんたんか》の櫻内は朝からかなりヘヴィな食事をとるのだが、高沢も同じテーブルにつくよう強要したのである。

今日も櫻内は、昨夜の行為に疲れ果ててあまり食欲のない高沢を尻目に、朝から分厚いステーキにナイフを入れていた。

「明日の予定だが」

「ああ？」

ふと思いついたように櫻内は食事の手を止め、気だるさを持て余しながらコーヒーを啜《すす》っている高沢に話しかけてきた。

「神戸に行くので同道してくれ」

「神戸？」

急な話だと、高沢はざっと渡された櫻内の予定を思い起こしながら問い返したのだが、そのときはまだ単に、ボディガードとしての同道を求められたのだと思っていた。

明日は高沢の出勤日ではない。他に予定があるでもなし、別に構わないかと思いつつも一応確認はしておこうと、櫻内にその旨を伝えると、

「ボディガードは別に連れてゆく」

さも当たり前のようにそう言い、綺麗《きれい》な手つきで切り離した肉を口へと含んだ。

「別？」

「八木沼の兄貴のところに礼に行く。明日なら都合がつくそうだ」

「……で？」

咀嚼《そしゃく》するとき、思わず目が吸い寄せられそうになるほど美しい歯並びが時折覗《のぞ》く。高沢の問いに、

「だから」

と微笑《ほほえ》んだとき、その輝く白い歯がまた櫻内の唇の間から覗いた。

「お前も世話になっただろう」

「……確かに……」

それこそ下にも置かぬ歓待を受けたのだったと頷《うなず》いた高沢に、

「まあ、お前を連れてゆくのは兄貴からのリクエストだが」

櫻内は肩を竦めるとまた肉にナイフを入れた。

「そうなのか?」

「ああ、床上手《とこ》なスナイパーにまた会いたいのだそうだ」

心なしかやや憮然《ぶぜん》とした顔になった櫻内だが、高沢が何を言うより前にまた笑顔になると、

「そういうことだから、心積もりをしておくように」

そう告げ、話はここで終わった。

『心積もり』とはどういう意味なのだろうと思っていた高沢だが、翌朝にはそれが何を指すかを如実に知ることになった。

「お支度を」

昼に家を出ると聞いていた高沢が自室でくつろいでいるところ、午前九時頃に使用人たちに連れられて数人の見慣れぬ男女がいきなり現れたのである。

「支度?」

「はい、ご命令で」

見知らぬ男は美容師だった。有無を言わせず洗面所の鏡の前に座らされ、髪に鋏《はさみ》を入れられる。綺麗に髪を後ろへと撫《な》で付けられたあとは、髭《ひげ》をあたられ、眉《まゆ》まで整えられてしまった。別の女性は高沢の爪を磨き始める。

それらが終わって部屋に戻ると、新品のスーツを手に仕立て屋が笑顔で待っていた。

「こちらをお召しになるようにと」

誰が、と聞かなくてもいかにも高級感溢れる生地で、高沢の身体にぴったりあわせたスーツを用意させたのは誰かということはすぐわかった。

下着からシャツから、靴下にいたるまで身につけるものが指定されていた。面倒だとはねつけることも考えたが、指示に従っているだけの彼らを困らせるだけかと、高沢は言われるがままに服を身につける。カフスはこれ、タイピンはこれ、時計はこれ、とあきらかにすべてが新品と思われる――そしてすべてが目の玉が飛び出るほどの高級品と思われる品々を身につけ、最後に用意された靴を履き終えると、高沢の支度に手を貸した者たちは皆、満足そうな笑顔で頷き、

「ご覧になりますか」

と高沢を鏡の前へと連れていった。

「…………」

鏡に映る己の姿に、まるで七五三だと高沢は肩を竦めた。身につけている洋服やら装飾品やらの総額は軽く七桁、下手すると八桁に及ぶかもしれないが――こうした高級品とは無縁の生活をしてきた自分には似合うわけがないのだと溜《た》め息《いき》をつく。

まさに『服に着られている』状態じゃないかと鏡を覗き込む高沢には、美容師やら仕立屋やら、家政婦やらが「お似合いですよ」という言葉が世辞にしか聞こえなかった。

予定どおり十二時に櫻内の車が高沢をピックアップするために屋敷へと戻ってきた。八木沼への礼を言いにいくのに櫻内が選んだのはドイツの高級車で、後部シートで高沢を迎えた彼は、現れた高沢の姿を見て、

「ほう」

と綺麗な瞳を見開いた。

「馬子にも衣装だな」

よく似合う、と微笑んだ櫻内に、

「似合うものか」

悪態をつくべき相手は彼しかないと、高沢は早速クレームをつけた。

「だいたいなんなんだ。髪は切られるし、こんな服は着せられるし」

仰々しいじゃないかと文句をつけた高沢を、

「仰々しいんだよ」

そう軽くいなすと、櫻内は車を出させた。

「…………」

確かに前後に二台ずつ護衛の車がつく様子も仰々しければ、いつも以上に身なりに気を遣っているのがわかる櫻内の姿も仰々しかった。聞けば返礼として用意された品物もかなり仰々しいものだそうである。

「ようやく手に入れることができた」

二ヶ月をかけて櫻内が八木沼に贈るべく用意したのは、碁盤だということだった。勿論ただの碁盤であるわけがなく、重要文化財並みの逸品で時価にして数千万はするという。

八木沼の趣味が碁で、本人はアマチュア五段ほどの腕前らしく、プロの女流棋士を自宅に呼んで碁会をすることもあるらしい。

「碁は陣取りだからな」

八木沼の兄貴らしい趣味だと櫻内は笑ったが、たかが趣味に数千万のものを贈るほうの気持ちも贈られるほうの気持ちも、あまりに自分とギャップがありすぎて高沢にはよくわからなかった。

車は順調に高速を飛ばし、夜七時過ぎに六甲山に近い八木沼の自宅へと到着した。

2

「よう来たなあ」

八木沼は玄関先まで出迎えにきた。自分よりも格上になった櫻内に対して敬意を払ってみせたらしい。

「襲名披露の際には大変お世話になりまして」

深々と頭を下げる櫻内に向かい、

「挨拶《あいさつ》はあとや。さあ」

早速奥へと招き、二十畳はあろうかと思われる応接室へと一行を連れていった。

「こちら、先だってのお礼です」

「すごいやないか」

まずは返礼の品をと、東京からずっと二人の若い衆たちが大切に抱えてきた例の碁盤を櫻内が差し出すと、八木沼は喜色満面の顔になった。

「よう手に入ったなあ」

「苦労しました」

ははは、と笑う櫻内に、

「そらそうやろな」

と八木沼も笑いを返す。

「いやあ、たまげたわ。ほんま、おおきに」

頬擦りせんばかりに碁盤の面を擦《こす》りながら礼を言う八木沼に、

「兄貴に喜んでいただけて私も嬉《うれ》しいです」

にっこりと見惚《みと》れるような笑顔で櫻内は答えた。それから暫《しばら》く二人の間で碁談義が繰り広げられ、碁を少しもたしなまぬ高沢は殆ど理解できない彼らの話にぼんやりと耳を傾けていた。

「食事を用意したさかい」

三十分ほど応接間で過ごしたあと、八木沼は彼らを食堂へと誘った。櫻内を歓待するために八木沼が考えた趣向は鉄板焼きで、目の前でシェフが焼いてみせるという高級な鉄板焼店そのままの設備を備えた部屋へと通され、伊勢えびやら鮑《あわび》やらの海の幸や、霜降りの松阪牛などをパフォーマンスを交えながらシェフたちが焼いてくれるのを前に三人して舌鼓を打った。

「しかし見違えたわ」

アルコールが入ると八木沼は何度もそう、高沢を見て目を細めた。

「ええ男やったんやなあ」

「いえ……」

一体何と答えればいいのかと俯《うつむ》く高沢の横で、

「馬子にも衣装です」

櫻内は高沢に言ったのと同じ言葉を繰り返し、高沢の代わりに謙遜《けんそん》してみせた。

「馬子にも衣装か」

八木沼はそのフレーズが余程気に入ったのか、何度か口の中で繰り返していたが、やがて何か思いついた顔になると若い衆を呼んで耳打ちした。

「かしこまりました」

若い衆が立ち去ったあと、何事かと眉を顰《ひそ》めた高沢に、八木沼は悪戯《いたずら》っぽい笑みを浮かべてみせたのだが、その笑みの理由は間もなく知れた。

席を替えてデザートとコーヒーが出されたところで、先ほどの若い衆が八木沼に駆け寄りこそりと何かを囁《ささや》いた。

「わかった」

八木沼は若い衆に頷くと櫻内と高沢に向き直り、

「部屋が用意できたさかい、今晩はゆっくりしてきや」

そう申し出てきたのだった。

「それはあまりに申し訳ないかと」

「遠慮することあらへん」

頭を下げる櫻内の肩を八木沼が明るい顔で叩く。

「風呂の用意もできとるそうや。どや、風呂のあと少し飲み直さへんか」

「喜んで」

八木沼の誘いに櫻内は笑顔で乗った。

「そしたらまたあとで」

やたらと機嫌のいい調子で八木沼はそう手を振ると、若い衆の一人が櫻内と高沢へと駆け寄り、部屋への案内役を買って出た。

八木沼が二人に用意させたのは、かつて高沢が世話になった座敷のようだった。

「何かたくらんでるな」

廊下を歩きながら、櫻内が高沢の耳元に囁いてくる。

「…………」

確かに、と高沢が頷いたところで馴染みのある部屋の前へと到着し、若い衆のあとに続いて部屋へと入った。

「……なるほどね」

室内に足を踏み入れた途端、目に入ってきた「それ」を見て、櫻内が苦笑する。

「よろしかったら風呂のあと、こちらをお召しくださいとのことです」

そう言い若い衆が示してみせたのは、旅館にあるような底の浅い木の箱に入った二枚の和服だった。

「着付けの出来る者が待機しておりますので、お声をかけていただければと」

『馬子にも衣装』――八木沼のたくらみはこれか、と高沢は濃紺と濃いグレイの二枚の着物を見ながら、やれやれ、と溜め息をついた。

かつて高沢が世話になったときにも、食事のたびに着せ替え人形よろしく浴衣《ゆかた》やらスーツやら、はてはタキシードやらを着せられたものだが、今回は和服、しかも櫻内と二人して着せ替えられることになろうとは、と呆れていた高沢の傍らで、

「自分で着ますので」

櫻内が若い衆の申し出を退け、自力で着付けることなどまるで考えていなかった高沢を驚かせた。

「それではご入浴がすまれましたらお声をおかけください」

若い衆がしゃちほこばってそう言い、深く頭を下げて部屋を出ていったあと、

「急ごう」

櫻内は高沢にそう告げ、先に立って浴室へと向かった。二人入れぬ広さの風呂でないことを既に知っていた高沢は無言であとに続く。

「自分が選んだ『衣装』を見たくて今か今かと待ち侘《わ》びているだろうからな」

普段であれば共に入浴でもしようものなら、高沢の身体にちょっかいを仕掛けてくるのだが、八木沼への気遣いが櫻内の自制心を促したらしく、二人して素早く入浴を済ませると用意された着物に袖を通した。

「かしてみろ」

帯を結べずにいる高沢に、さっさと着付けを終えた櫻内が手を貸す。櫻内が濃紺を、高沢が濃いグレイをそれぞれに選んだのだが——選んだのは櫻内であったが——湯上りの火照《ほて》った肌も引き立つ櫻内の着物姿に、高沢は知らぬ間に見惚れてしまっていた。

もとより肌の美しさには定評のある櫻内ではあるが、濃紺の着物に真珠のごとき白い滑《なめ》らかな肌はよく映えた。

「よく似合っている」

匂い立つような美しさというのはまさに目の前のこの男の姿を言うのではないかと心の中で感嘆していた高沢に、当の本人がそう微笑みかけてくる。世辞に違いないと顔を顰《しか》めると、櫻内は己の言葉がまさに世辞であったことを証明するようにこう言い足した。

「ますます七五三のようだがな」

「悪かったたな」

ぶすっとそう言い捨てた様子が可笑《おか》しいと櫻内は高らかに笑い、未だに着心地に違和感を覚えている高沢の背を「いこう」と促した。

「さすが絵になるなあ」

若い衆に案内された八木沼の私室では、八木沼本人も着物に着替えていた。藍色《あいいろ》の渋い柄物で、まさに彼の方こそ『絵になる』男ぶりに高沢はまたも目を奪われた。

「コスプレですか」

ははは、と櫻内が笑いながら、八木沼に導かれるままに彼の隣に腰を下ろす。

「あんたもよう似合っとる」

とってつけたような八木沼の言葉に、また世辞かと高沢は思いはしたが、今度は顔に出さずに、示された八木沼の前の椅子へと座った。

見栄のいい若い衆を選んだのか、やはり和装の彼らが手早く八木沼たちの前に酒の支度を整えてゆく。

「冷《ひや》でええか」

「はい」

涼しげな柄のクリスタルのぐい飲みをそれぞれに渡され、八木沼自ら酒入れを手にするのを、まず櫻内が恐縮して受け、続いて高沢が受けた。

「どうぞ」

その酒入れを櫻内が手早く受け取り、八木沼になみなみと酒を注《つ》ぐ。

「艶《あで》やかな花を眺める花見酒、やな」

ふふ、と八木沼が微笑み、櫻内をじっと見据えた。

「天空にひときわ輝く月を愛《め》でる月見酒、というのもよろしいかと」

八木沼の視線をかっちりと受け止めた櫻内がまさに艶やかな笑みを浮かべてそう答えると、

「そないなええもんちゃうわ」

自らを月に見たてられたことに照れた八木沼が、あっはっは、と、高らかに笑った。

「襲名披露のときの紋付袴《もんつきはかま》も、えらい似合《にお》うてたなあ」

速いピッチで杯が重ねられていく。会話は殆ど八木沼と櫻内の二人の間でなされ、高沢は一人置いていかれたような状態になっていた。

「どうぞ」

所在なさから酒に口をつけると、隣に控えていた若い衆が、飲みきるより前から酒を注ぎ足してくれる。自分でも思いもかけぬほどの酒量を飲んでいるのではと高沢が気づいたときには既に、酔いが高沢の身体を染めていた。

「あんたは色が白いさかい、紋付の黒地にえらいよう映えて、ぞくっとするほど綺麗やった」

「何をおっしゃいますやら」

先ほどから八木沼の話題は櫻内の美貌に終始していた。時折高沢の存在を思い出したよう

に、

「初めてあんたんとこの組長に会《お》うたときには、ほんま、身体が震えたもんやで」

などと会話の接《つ》ぎ穂に話しかけてもくれたのだが、酔いが彼から体面を奪ったようで、今では八木沼は櫻内しか目に入っていないようだった。

「ほんま、久々に胸がときめいたわ」

冗談めかした口調ではあったが、櫻内を見つめる八木沼の瞳にはあからさまな欲情の焔《ほむら》が揺らめいていた。

「兄貴お得意の口説きですか」

揶揄《やゆ》して笑う櫻内の頬は酔いで桜色に染まり、首のあたりもほんのりと紅《あか》く色づいている。和服の襟元から覗く喉元《のどもと》といい、袖から見える腕の白さといい、今夜は殊《こと》の外《ほか》櫻内の肌が美しく見えると、高沢はまた酒を呷《あお》った。

「口説けるものなら、とっくの昔に口説いとるわ」

八木沼は相当酔っているようで、真っ赤な顔をしていた。が、実は見た目ほど泥酔してはいないのではないかと高沢が眉を顰めることが起こった。いかにも酔いに任せた風を装い、彼の手が櫻内の腿《もも》のあたりを摑んだのである。

「…………」

八木沼の手が櫻内の裾《すそ》を割るのではないかと、高沢が思わず息を呑《の》んだ気配を、櫻内はすぐに察した。顔を上げてちらと高沢を見やったあと、さりげない仕草で八木沼の腕を摑《つか》み、彼の膝《ひざ》へと戻させる。

「随分お酔いのようで」

「あっはっは、ほんま、酔っ払ったわ」

悪びれるでもなく八木沼は笑って酒を呷ると、久々に視線を高沢へと寄越した。

「そないに怖い顔せんでもええやろ」

「え」

怖い顔かと己の頰に手をやった高沢を見て、八木沼はまた高らかに笑う。

「愛人の前でやることやなかったなあ」

バシッと櫻内の肩のあたりを叩いた八木沼の顔からは今まで漂っていた淫靡《いんび》な雰囲気が消えていた。

「毒気を抜かれたわ」

「私も珍しいものを見ました」

八木沼と櫻内が、話が見えないでいる高沢の前で顔を見合わせ笑いあう。

「すっかり飲みすぎたわ。ここらでお開きにしよか」

八木沼のこの一言で酒宴は終わり、言葉どおり本当に酔っていたのか、はたまた演技であったのか、ふらつく足でドアまで送ってくれた彼に頭を下げ、櫻内と高沢は部屋を辞した。

若い衆の先導で戻った部屋には既に二つ並べて布団が敷かれていた。

「それではおやすみなさいませ」

若い衆が彼らに深々と頭を下げ、まだ顔を上げきってもいないうちに、櫻内は高沢の腕を引き、手前の布団へと押し倒した。

「よせ」

人前でと高沢が声を上げるより前に、櫻内の手は裾を割り高沢の腿を這《は》い始める。若い衆は表情も変えずに再び深く一礼すると足早に部屋を出ていった。

「おい」

「着物はいいな。どこでも手を突っ込み放題だ」

ふざけた口調で櫻内はそう言い、言葉どおりに今度は襟を乱暴に割ると唇を高沢の首筋に這わせてきた。

「よせ」

櫻内の手がせわしなく高沢の太股《ふともも》を弄《いじ》り、唇が首筋やら胸やらを這い回る。きつく肌を吸われ、びく、と身体を震わせた高沢だが、外に控えているであろう若い衆の存在を思うとさすがに櫻内に身を任せるのを躊躇《ためら》った。

高沢の拒絶は櫻内の耳にはまるで入らぬようで、易々《やすやす》と高沢から下着を剝《は》ぎ取ると、直《じか》に彼を握ってくる。

「よせ、と言っているだろう」

「拗《す》ねるな」

もう片方の手で帯を緩め、前をはだけさせながら、櫻内がにや、と笑いかけた。

「拗ねる？」

意味がわからないと眉を顰めた高沢の雄の先端を櫻内の指が擦り上げる。下肢を襲う、ぞわりとした感覚に腰を引いた高沢の、両脚の間に膝を割り込ませ、更に脚を広げさせると櫻内はじわりじわりと指の腹で高沢を攻め始めた。

「……おい……っ……」

着物の裾が大きく捲《めく》れ、下半身の殆どが露《あら》わになってしまっている。煌々《こうこう》と灯《あか》りの点《つ》く下、己の裸の脚を眺める恥ずかしさに高沢は櫻内の胸を押しやり、彼の下から逃れようとしたが、櫻内の身体はびくとも動かなかった。煌《きらめ》く瞳でじっと高沢の顔を見下ろしながら、高沢を弄り続ける。巧みな手淫にあっという間に高沢の雄は勃《た》ちあがり、先端からは先走りの液が零れ始めた。

「……っ……」

くちゅくちゅという濡《ぬ》れた音と共に、抑えた高沢の息の音が室内に響き渡る。唇を噛《か》み、漏れる声を抑える高沢の顔を見下ろす櫻内の目が微笑みに細まった。

「いい顔だ」

先走りの液を塗り込めるように、櫻内の指先が高沢の鈴口をぐりぐりと割ってくる。

「……やっ……」

堪《こら》えていた声が漏れたのに櫻内はまた目を細めて微笑むと、身体を落とし高沢の下肢に顔を埋《うず》めた。

「……あっ……はぁっ……あっ……」

熱い口内にそれを含まれるともう、高沢の我慢もきかなくなった。竿《さお》を扱《しご》き上げながら先端に舌を絡めてくる櫻内の口淫に、高沢の唇からはいつものように高い声と甘い吐息が零れ始めた。

「…あっ……あぁっ……あっ……」

竿を摑んでいた指が零れ落ちる先走りの液を辿《たど》るかのように後ろへと回り、蕾《つぼみ》の上を撫で回す。櫻内の指先を感じるたびにそこがひくつき中へと指を誘うのに、快楽に身悶《みもだ》えながらも高沢は羞恥《しゅうち》を感じて身体を捩《よじ》った。

「…………」

櫻内が高沢を口に含んだまま、ちらと彼を見上げ、目だけで微笑んでみせる。そういう身体にしたのは自分だとでも言いたげなその顔にますます高沢の羞恥は煽《あお》られ、たまらず櫻内の頭を押しやろうと手を伸ばした。

「……っ」

逆にその手を捕らえられて強く引かれ、高沢の背が布団から浮く。と、櫻内はその背に腕を差し入れて高沢の身体をうつ伏せにすると、無理やり高く腰を上げさせた。

「……わ……」

突然ばさりと頭の上に何かが降って来て、高沢の視界を閉ざした。同時に下肢に外気を感じ、高沢はそれが、櫻内の捲り上げた自身の着物の裾であることを知った。

「よせ……っ」

四つん這いに近い体勢で、裸の尻を晒《さら》しているという今の状況を想像するだけでも恥ずかしく、頭に布を被《かぶ》ったまま高沢は前へと逃れようとしたのだが、櫻内の手が彼の動きを制し、更に高く腰を上げさせられてしまった。

「……やっ……」

そのまま両手で双丘《そうきゅう》を割られたと思った次の瞬間、露わにされたそこに生暖かな感触を得、高沢の背がびくんと震える。それが櫻内の舌だと高沢が察したのと、更に押し広げられたそこをその舌が侵してきたのが同時だった。

「……あっ……はぁっ……あっ……」

視界が閉ざされてる分だけより感じやすくなっているのか、内壁を擦るざらりとした感触に、乱暴なその動きに、高沢の息は一気に上がり、抱いていた羞恥の念は彼方《かなた》へと飛んでいった。

「あっ……」

甘噛みするように入り口に歯を立てられ、硬くした舌先で中を抉《えぐ》られる。指で広げられたそこは舌が抜き差しされるたびに外気の冷たさを感じ、ひくひくと激しく蠢《うごめ》いた。

「ん……っ……んんっ……」

もどかしさから己の腰が揺れるのを、既に高沢は抑えることができないでいた。延々と続く入り口付近への愛撫が彼を焦《じ》らし、腰を前後に揺すらせる。

「卑猥《ひわい》だな」

背後で、くす、と笑う櫻内の声がしたと同時に、ずぶ、と指が挿入されてきた。たっぷりと唾液を注ぎ込まれたそこを、ぐちゅぐちゅと音を立てて二本の指がかき回す。

「……あっ……あぁっ……」

自分のそこが挿《い》れられた指を、驚くほどの強さで締め上げるのがわかった。

「足りないか」

笑いを含んだ櫻内の声が、やけに冷静に聞こえるのがまた、自分ばかりが乱れているように思えて逆に高沢の劣情を煽る。頭を振って目隠しとなっていた布を落とし、肩越しに櫻内を振り返ると、合わせに乱れすら見られないきっちりした着付けのままの彼の姿が飛び込んできた。

「足りないか?」

高沢の想像どおり、端整なその顔に余裕の笑みを浮かべた櫻内が、同じ問いを繰り返す。

「…………」

普段の高沢であれば、これほど己の欲望に忠実にはなれなかったであろうに、過ぎるほどに飲んだ酒がそうさせたのか、気づいたときにはこくりと首が縦に振られていた。

「……ほお」

櫻内が驚いたように美しい目を見開く。その顔を見た途端、らしくもない己の振舞いに対する羞恥が高沢の内に湧《わ》き起こり、たまらず前へと逃れようとした。

「おっと」

気づいた櫻内が高沢の腹に腕を回して引き寄せる。

「……っ」

それでも逃げようとする高沢の背に、櫻内が伸《の》し掛かり、耳もとに唇を寄せてきた。

「今宵は珍しいことばかりが起こるな」

「……え……」

どういう意味だと問おうとした高沢に、櫻内が後ろに挿れたままになっていた指をぐるり、と大きくかき回す。

「……あっ……」

「さっきもそうだ。お前がヤキモチを妬《や》くところなど、絶対に見られないと思っていたが」

「誰が……っ……あっ……ヤキモチなど……っ……」

ぐいぐいと奥を抉り続ける指の動きに喘《あえ》ぎそうになるのを堪え、高沢が肩越しに櫻内を睨《にら》む。嫉妬《やきもち》と言われた途端に、八木沼の顔が頭に浮かんだことが、高沢を密《ひそ》かに動揺させていた。

嫉妬——確かに櫻内を見る八木沼の、欲望に満ちた眼差《まなざ》しには酷く苛《いら》つく思いはしたが、それが『嫉妬』であるという自覚はまるでなかった。今、櫻内本人に指摘され、うろたえる自分がまた信じられないと愕然《がくぜん》としていた高沢の耳に、嬉しさを抑えきれぬようにくすくすとしのび笑う櫻内の声が響いてきた。

「誰ねえ」

答えるまでもないだろうと櫻内は身体を起こすと、後ろから引き抜いた指で、ぴしゃりと軽く高沢の尻を叩く。

「……ぁっ……」

指を追いかけひくひくと蠢く後ろの動きに腰がくねりそうになるのを、必死で踏みとどまっている高沢を見下ろし、櫻内がまたくすりと笑った。

「ようやく素直になったかと思ったが、そうでもないらしいな」

言いながら素早く帯を解《ほど》き、はらりと着物を肩から落とす。流れるようなその仕草に思わず目を奪われていた高沢は、

「お前も脱げ」

と櫻内に声をかけられ、自分が不格好《ぶかっこう》に腰を上げた姿勢のままでいたことに気づいて顔を顰めた。

奥底に熱を孕《はら》んだ身体は、なかなかいうことをきいてくれず、どうしても動作が緩慢になってしまうのに焦れたように、櫻内の手が伸びてくる。

緩んだ帯を一気に引き抜き、高沢の裸の背に腕を回して長襦袢《ながじゅばん》ごと着物を剝ぎ取って、あっという間に高沢を全裸にすると、櫻内は改めて彼の両脚を抱え上げ、既に勃ちきっていた雄を、ずぶり、と挿入させてきた。

「……あっ……」

待ち侘びたその質感に、高沢の背が大きく撓《しな》る。高沢のそこがまるで別の意思を持つかのように、きゅっと櫻内の雄を締め上げ、律動を誘った。

「身体はこんなに素直なのにな」

ふふ、と櫻内が微笑み、ぐい、と腰を進めてくる。

「やっ……」

一気に奥まで貫かれ、高沢の身体が大きく仰《の》け反《ぞ》るのを、両脚を抱えた手で制し、櫻内がゆっくりと彼を突き上げ始めた。

「たまには上の口でも喋《しゃべ》ってみろ」

さっきみたいに、と櫻内が律動を中断し、高沢の顔を見下ろしてくる。

「……何を……っ……」

中途半端に火がついた身体が、激しい突き上げを欲して疼《うず》いている。息ひとつ乱さぬ櫻内の涼やかな表情に比べ、欲情に戦慄《おのの》く身体を持て余し、身悶える高沢には余裕の欠片《かけら》もなかった。

「台詞《せりふ》などいくらでもあるだろう」

楽しげに笑いながら、櫻内が少し腰を引く。内壁を擦るぼこりとした特徴のある感触に、高沢の身体がびくっと震えるのを目を細めて見やったあと、

「たとえば……そうだな」

また微かに前へと腰を進めながら、歌うような口調で櫻内は高沢の『上の口』に求める言葉を羅列し始めた。

「『ほしい』でも『ついて』でも、『犯して』でもいい……『もっと』というのも貪欲《どんよく》な感じがお前らしくていいな」

「誰が……っ……あっ……」

そんな言葉を口に出来るかと悪態をつこうとすると、櫻内がぐっと腰を進め、その動きに快楽の波に乗ろうとすると、すっと腰を引かれてしまう。

「……おいっ……」

今まで散々嬲《なぶ》られ続けた身体は、蓄熱した欲情を吐き出してしまいたいのに、それを許してくれない櫻内の焦らしに、高沢の理性は失われつつあった。抱えられた脚で櫻内の背を抱き寄せ彼を奥へと誘おうとする。

「おっと」

気づいた櫻内が更に身体を引いたとき、怒張した彼の雄がズル、とそこから抜けた。

「……あっ……」

物理的な喪失が高沢の心理を思いのほか揺さぶり、再びその猛《たけ》る雄を求めて櫻内へと手を伸ばす。

「……言ってみろ」

その手を捉えると櫻内はそのまま己の雄へと導き、自身をそっと握らせる。黒光りし、びくびくと熱く震えるその質感に、高沢は知らぬ間にごくりと生唾を呑み込んでいた。

「……『これが欲しい』と」

言いながら櫻内はまた、高沢の腿を掴んで更に両脚を広げさせる。

「……あっ……」

ひくつくそこを晒される羞恥に、欲情が勝った。櫻内を掴み、そこへと導こうとするのに、

「まだだ」

櫻内が笑って腰を引いた。

「……ぁっ……」

ひくり、とそこが、目の前の猛る櫻内の雄を求めて熱く震える。堪《たま》らず喘いだ高沢を見下ろし、櫻内が麗しい瞳を細めて微笑んだ。

「さあ」

己を促す薄紅色の唇に高沢の目が吸い寄せられる。

欲しい——。

遠くに呟《つぶや》く己の声を聞いたような気がした、その次の瞬間には高沢の身体は布団の上で跳ね上がっていた。櫻内の雄が一気に彼を貫いてきたからである。

「あっ……はぁっ……あっ……あっ……」

いきなり始まった激しい突き上げに、今まで焦らしに焦らされ続けた高沢の身体には一気に火がつき、意識は滾《たぎ》る欲情の淵《ふち》にあっという間に飲み込まれていった。

「ああっ…あっ……あっあっあっ」

ズンズンと奥深いところに突き立てられる櫻内の雄の感触に、時折漏れ聞こえる抑えた彼の息の音に、汗で覆われたその、男とは思えぬ美しい肌に、高沢の五感は刺激され、快楽の極みへと急速に押し上げられてゆく。

「あっ……ああっ……あっあっあっ……ぁぁ……っ」

櫻内の手が高沢の雄を握り、腰の動きはそのままに扱き上げてくる。その刺激は僅《わず》かであったがついに耐えられず高沢は達し、白濁した液を櫻内の手の中に飛ばしていた。

「……っ」

同時に後ろが壊れてしまったかのように激しくひくつき、櫻内の見事な雄を締め上げる。

その刺激に櫻内も達したようで、低く声を漏らすとゆっくりと高沢へと覆いかぶさってきた。

「…………」

達したあと、乱れる息をものともせず唇を塞《ふさ》いでくるのは櫻内の閨《ねや》での癖だった。今回もそうかと身構えた高沢の唇の数センチ手前で櫻内の唇が止まる。

「……たまには素直になるのもいいものだろう？」

にやり、笑って櫻内が高沢の顔を見下ろしてきたのに、高沢はいつものごとく悪態をつく。

「馬鹿か」

「まあ、その方がお前らしいといえばらしいがな」

あまり素直すぎると気味が悪い、と櫻内は言うと、更に悪態をつこうとした高沢の唇をいつものごとく熱いキスで塞いだ。


翌朝、早々に櫻内と高沢は身支度を整え八木沼宅を辞した。

「お世話になりまして」

「なに、こちらこそ久々に楽しい時間を過ごさせてもろたわ」

早朝にもかかわらず彼らを見送ってくれた八木沼は、昨夜の酔いなど微塵《みじん》も感じられないりゅうとした姿をしていた。自宅だというのに身だしなみには少しの乱れもなく、同じように少しも崩れたところのない完璧な装いの櫻内の肩を笑顔で叩く。

「今度は一局、お手合わせ願いたいわ」

貰《もら》った碁盤の礼がてらそう言う八木沼に、

「是非に」

また寄らしてもらいます、と櫻内も笑顔で答えた。

「あんたも元気でな」

別れしな、八木沼は高沢にも声をかけてくれたのだが、前夜の行為の名残の倦怠《けんたい》が浮いた高沢の表情を前に、彼の顔には好色そうな笑みが浮かんだ。

「可愛《かわい》がられすぎて、身体を壊さんように」

「…………」

昨夜はほぼ一晩中、高沢は櫻内に喘がされ続けていた。護衛のために夜中、二人の部屋の前には若い衆が立っていたらしいことが朝になってわかったのだが、彼らから報告を受けたのだろうかと、高沢は相当バツの悪い思いをしながら、

「ありがとうございます」

とだけ言い、深く頭を下げた。

「せや、昨夜の着物やけど、よかったら持っていくとええわ。よう似合ってたさかいな」

八木沼の言葉に櫻内が「ありがとうございます」と頷くと、若い衆がそれらしき包みを持ってすぐに現れ、八木沼へと手渡した。

「一枚はえらい皺《しわ》になっていたさかい、新しいものを用意させたわ」

にやり、と八木沼が笑って櫻内を、続いて高沢を見る。

「滅多に見られない姿に我慢ができませんで」

涼しい顔で答える櫻内の横で、『皺』の原因に気づいた高沢はますますバツの悪さを感じ、顔を上げることができなくなった。

「ワシには我慢させせよってからに」

満更冗談でもない口調でそう笑った八木沼が、ほれ、と高沢に包みを差し出してくる。

「……恐れ入ります」

慌てて受け取り頭を下げた高沢の肩を八木沼はパシッと叩くと、

「ほんま、体力だけはつけときや」

またも下ネタを言い、高らかに笑って二人を見送ったのだった。

帰りの車中で、櫻内は贈られた着物がいかに高価なものであるかを高沢に説明し、彼を驚かせた。

「本格結城紬《ゆうきつむぎ》の逸品だ。一枚数百万はするだろう」

「数百万……」

そんな高級なものと知りながら、皺になるような行為に及んでいたのかと高沢はつい責めるような目を櫻内へと向けてしまった。

「皺だけじゃないだろうな。染みもついていたんじゃないか」

「………」

高沢の非難の眼差しなどものともせず櫻内はそう笑うと、高沢の太股へと手を伸ばしてきた。

「……おい」

よせ、と高沢はその手を摑んだが、それより前に櫻内の手は高沢の内腿へと入り込み、ぎゅっとそれを握った。

「……朝から……」

「兄貴も言っていたが、体力はつけた方がいいな」

すぐに探り当てたその先端を親指と人差し指の腹で擦り上げながら、櫻内が高沢の顔を覗き込み、にっと笑う。

「……充分だ」

一瞬息を呑んだあと、やめろ、と高沢は櫻内の手を引いたが、櫻内の手はびくともせず、それどころか高沢のスラックスのファスナーを下ろしてそれを引っ張り出そうとしてきた。

「いい加減に……」

「これしきのことで音を上げるようでは、体力に自信があるとは言えないだろう」

櫻内はにやりと笑い、高沢の制止もきかずに扱き上げてくる。

「よせ……っ」

「体力がないわけではないか。すぐ勃つからな」

櫻内が揶揄するように高沢の雄は既に熱を持ち、硬度を増していた。それがまた恥ずかしいのだと高沢はなんとか自身を取り戻そうと櫻内の手を両手で摑んだ。

「なんだ」

櫻内がにっこりと高沢に微笑みかける。

「まさかもう体力の限界というわけじゃないだろう？」

「体力云々《うんぬん》より、人目を考えろ」

人目、と言ったときに、運転手が助手席の若い衆と顔を見合わせたのが、バックミラーに映った。高沢が気づいたことを櫻内が気づかぬわけもなく、ちらと前のシートの二人を見たが、彼の手は高沢のそれから退いてはいかなかった。

それどころか高沢の手を振り払い、一段と激しく扱き上げ始めたことに高沢は慌てて、

「よせと言ってるだろう」

またも櫻内の手を摑もうとしたが、そのとき鈴口に櫻内の人差し指の爪がめり込み、痛みすれすれの甘美な刺激に、う、と息を呑んだ。

「神部《かんべ》」

身体を強張《こわば》らせた高沢の顔を覗き込み微笑んだあと、櫻内が視線を前へと向け、運転手の名を呼ぶ。

「はい」

運転手の肩がびくっと震え、裏返った声で答えるのに、櫻内はあたかも道筋を指示するような淡々とした口調でこう告げた。

「田辺《たなべ》もだ。後ろを見るなよ」

「はい」

「わかりました」

助手席の田辺という若い衆とともに、運転手の神部がしゃちほこばった様子でそう答え、前へと乗り出すように座り直している。

「これでいいだろう」

啞然としてその様子を見守っていた高沢に櫻内は涼しい顔でそう言うと、

「馬鹿か……っ」

呆れた声を上げた高沢のそれを勢いよく扱き上げてきた。

「……っ……く……っ……」

いきなりの昂まりに高沢が上がる息を必死で呑み下しているのを櫻内は楽しげな顔で眺めると、

「耳も塞いでおけよ」

前の席の二人にそう声をかけ、高沢の非難の眼差しを誘った。

3

松濤の自宅に到着すると、櫻内は夜の外出に向け入浴をすると言い三階の自室へと向かった。

「一緒に入れ」

櫻内は高沢を誘ったが、車中散々嬲りものにされた恨みもあって断ると、普段であれば力ずくでも言うことをきかせようとする彼が時間もなかったのか大人しく引き下がり、高沢をほっとさせた。

自室で一人風呂に入り、気だるさからベッドに寝転んでいた高沢の耳に、車が出てゆく音が庭から聞こえてきて、櫻内が出かけていったことを知った。

「…………」

まったくなんという疲れ知らずだ、と一旦起き上がり、窓辺で櫻内の車を見送った高沢はまたベッドに戻ると、ごろり、と身を横たえた。

確かに体力をつける必要があるかもしれない——自分は腕ひとつ上げるのも億劫《おっくう》なのに、疲れた様子を微塵にも感じさせなかった櫻内の姿を思い浮かべながら、高沢は小さく溜め息をつく。

　櫻内は高沢の身体をよく貪欲だと評するが、彼の欲望の方がどれほど貪欲かと、殆ど一睡もせずに己を責め苛《さいな》んだ昨夜の櫻内の濃厚な行為を思い出し、その貪欲な欲望をあますところなく体現できる彼の体力に改めて高沢は舌を巻いた。

　自分も身体を鍛えるか――櫻内とのセックスに備えて体力をつけるというのもなんだかな、と自分の考えが可笑しく、高沢が苦笑してしまったそのとき、

「おーい、戻ったのか？」

　ドアを叩く音がした。

「ああ」

「悪い、お疲れか」

　返事をするより前にずかずかと部屋に入ってきたのは早乙女だった。今回の神戸行きに早乙女は同道したがっていたのだが、高沢の知らぬところで何か粗相をしたらしく、お供に交ぜてもらえなかった。余程様子が気になっていたのか、帰宅を知ってすぐに駆けつけてきたらしい。

「いや、大丈夫だ」

　昼から寝ていたところを見られた気まずさもあり、高沢はすぐに起き上がると、早乙女をソファへと導いた。

「碁盤、喜んでもらえたか？」

「ああ。頬擦りせんばかりだった」

「そりゃそうだろう。なにせ五千万はくだらないっていうしな」

高沢の勧めたソファへは座らず、早乙女は勝手にキッチンへと入ってゆくと、缶ビールを二缶手に戻ってきて、一つを高沢へと手渡した。

「どうも」

「なんかあんた、相当疲れてるなあ」

プシュ、とプルトップを引き上げながら、早乙女が心配そうな顔になる。

「そう見えるか」

「見える。精も根も尽き果ててるって感じだ」

言いながら、にやり、と笑った早乙女の顔から、運転手の神部に車中の話を聞いたのだろうと高沢は察した。

「…………」

じろ、と高沢が早乙女を睨むと、

「冗談じゃねえか」

あはは、と早乙女は笑い、それより神戸での話を聞かせてくれ、と身を乗り出してきた。

「……別にこれといって特別なことは……」

期待に輝く若人《わこうど》の瞳を前に、高沢は淡々と八木沼邸での出来事を一通り説明してやったのだが、そのいちいちに早乙女は、

「そりゃすげえ」

「俺も見たかったなあ」

大仰に反応し、心底羨《うらや》ましそうな顔になった。

中でも彼が一番興味を示したのが、八木沼が用意した着物の話だった。

「数百万の着物かあ」

さすがだなあ、と値段に感心すると同時に、

「さぞ組長は似合っただろうなあ」

うっとりとした目で空を見つめ、相変わらずの櫻内への心酔ぶりを高沢に見せつけた。

「しかし返礼に返礼するなんざ、八木沼組長も相当ウチの組長に気を遣ってるなあ」

ビールを飲みきると早乙女は勝手にブランデーを出してきた。高沢の部屋にはそれまで彼が飲んだことのないような高級な酒が並んでいるのだが、その殆どは高沢の口ではなく早乙女の口に入っているという事実を知る者は当人たちだけである。

「気を遣っている？」

どういうことだと高沢が問い返すのに、

「わかってねえなあ」

早乙女は事情通ぶり、わざとらしく呆れてみせた。

「ほら、あの四条《しじょう》が消された、あれが誰の仕業か未だにわからねえことを気にしてんだよ」

「……ああ」

先日、高沢の身を襲った不運――の一言では片付けられない惨事ではあったが――な出来事は、もとはといえば岡村組の跡目争いに櫻内が巻き込まれたその結果であった。力も人望もある若頭の八木沼が岡村組の跡目を継ぐのは世間でも当然と受け止められていたのだが、若頭補佐の四条が跡目継承に色気を出し、彼を出し抜こうとしたのである。

関東の雄、櫻内を押さえている八木沼に対抗し、彼への恨みと菱沼組の跡目相続になみなみならぬ意欲を見せている香村《こうむら》を焚《た》きつけ、櫻内の命を狙った。

結果としてことなきを得たのであるが、八木沼は身内の不始末を櫻内に詫び、落とし前は自分がつけると宣言していたのである。

香村の行方はすぐに知れたが、もとより肝っ玉の小さい彼は早々に廃業届けを出して極道から足を洗ってしまった。櫻内の報復を恐れて海外に高飛びしたという。

それを櫻内が許したのは、菱沼組の前の組長、木谷大吾《きたにだいご》より仲裁が入ったからであった。世話になった香村の父――木谷の前の菱沼組組長、今は亡き三代目である――の妻より泣きが入ったそうである。

そして四条は二ヶ月前、八木沼の報復を待たずして何者かに殺されたのだった。

南港の埠頭《ふとう》で銃弾を何発も身体に受けた彼の死体が上がったのに、八木沼は警察をも凌《しの》ぐと言われる情報網と組織力で四条殺害が誰の手によるものかを調べさせたが、犯人は杳《よう》として知れなかった。

八木沼がそれを気にしているのだ、という早乙女の話は高沢にはわかるようでわからなかった。落とし前は四条が死んだことでついたのではないか、と言うと、

「ほんと、あんたは極道ってもんがわかってねえぜ」

自分はいっぱしの極道のつもりであるのか、早乙女はますます呆れた顔になり、

「いいか？」

と居住まいを正すと『極道』というものを高沢に教授し始めた。

「八木沼組長はウチの組長に、四条に関しては自分がきっちり落とし前をつける、と約束したんだぜ？　それを他の野郎に殺されちゃ、約束を果たしたことにはならねえだろうよ」

「なるほど」

頷きはしたが、高沢にはそれが不可抗力としか思えなかった。

不可抗力というより、己の手を汚さずにすんだのだから、棚ボタであろうと思ったが、そんなことを言おうものならまた早乙女が「わかってねえなあ」と大仰に騒ぐだろうと思い口を閉ざした。

早乙女は高沢が自分の説明に納得したと思ったらしく、

「ようやく話ができるぜ」

などと言い出し、高沢を内心苦笑させた。

だが物知り顔の早乙女が続けた言葉に、高沢の胸には苦笑のかわりに、ひやり、と何か冷たいものが走った。

「今、八木沼組長はやっきになって四条殺しの犯人を捜しているらしいぜ」

「……そうか」

相槌を打つ高沢の脳裏に、一人の男の影が差す。

四条が殺されたと聞かされたとき、直感で高沢は彼の——西村の犯行だと思った。

四条に櫻内殺しを命じられ、鉄砲玉として襲名披露の席上に乗り込んできた西村だが、結局役目を果たせずその場を逃げ去っていった。

櫻内のタマを取り損ねた彼には四条の報復が待っているのではないかと案じていたところ、その四条が滅多撃ちにされ殺されたと聞き、高沢はそれを西村の仕業ではないかと思ったのである。

同じことを、射撃場の教官、三室も思ったらしく、手をつくして西村の行方を捜しているらしいのだが、消息は少しもわからないのだという。

八木沼も四条殺しの犯人を西村と思っているのだろうかと、高沢の胸に早乙女に確かめたい衝動が湧き起こったが、やぶ蛇になるやもしれないとそれを堪えた。

「銃でぶっ殺したとなると、犯人はコッチの人間じゃねえかとは思うけどよ、一体誰がやったんだろうなあ」

やはり早乙女は何も知らないらしく、『コッチ』で頬に傷をつける真似をしながらそう首を傾《かし》げている。

「……さあ」

「意外に犯人は身内で、動機は怨恨《えんこん》とかじゃねえかと俺は思うんだけどよ、あんたはどう思う？」

勝手な推理を披露する早乙女に、高沢は、

「わからない」

と素っ気なく答えて彼をがっかりさせた。

「ま、俺らがない知恵絞る必要はねえんだけどさ。八木沼組長が本気で動いてるんだ、見つからねえわけがねえよな」

「……そうだな」

早乙女はすぐ『俺ら』と、高沢と自分をひと括《くく》りにする。彼なりの親近感の表れであろうと、高沢はいつも微笑ましくそれを聞いているのだが、今日はその余裕がなかった。

「今回のウチの組長の訪問で、俄然《がぜん》やる気を出したんじゃねえかなあ。そのうち見つけたってえ報告がくるだろ」

「そうだな」

早乙女に相槌を打ちながらも、かつて友と信じた男の破滅となるであろうその日を果たして自分が望んでいるか否かは、彼自身にもわからなかった。

その夜、零時を回る頃に櫻内は帰宅し、高沢を部屋へと呼んだ。

「疲れるということがないのか」

早速高沢の服を脱がせ、自分も全裸になって覆いかぶさってきた櫻内に、高沢が呆れて声をかける。

早乙女が帰ったあと、疲労困憊《こんぱい》だった高沢は泥のように眠り、先ほど目覚めたところだった。櫻内は神戸から帰ったあと休息もせずに出歩いていたというのに、このバイタリティはどこからくるのだと、既に熱を孕んだ雄を腹へと押し当ててきた彼を見上げた高沢に、

「疲れたさ」

言葉どおりにはとても取れない軽やかな口調で櫻内は答えると、高沢の唇を唇で塞いだ。

「ん……っ……ん……っ」

舌をきつく絡めるくちづけを与えながら、掌《てのひら》では高沢の身体を撫で上げる。疲れとは無縁の丹念な愛撫に高沢の息は上がり、全身がうっすらと汗で覆われ始めた。

「……ぁっ……んっ……」

息苦しいと顔を背けると櫻内は唇を首筋から高沢の胸へと下ろしてくる。胸の突起を痛い

ほどに噛まれびくっと高沢の身体が震えたのに、櫻内は顔を上げると、にやり、と笑いかけてきた。

「こういう反応が俺の疲れを癒《いや》すのさ」

「……馬鹿な……っ……」

言いながら櫻内が胸の突起を強く吸い上げ、もう片方をきゅっと指先で抓《つね》ってくる。

「……あっ……」

電流のような刺激が高沢の背を這い上り、思わず高い声が漏れたのに、櫻内はまた顔を上げ、満足そうに微笑んできた。

「声があるとなおいい」

もっと聞かせろ、とばかりに櫻内が高沢の胸にむしゃぶりつき、きつく吸っては紅い吸い痕《あと》を残してゆく。

「あっ……はぁっ……あっ……あっ……」

胸への愛撫がやがて下肢へと移り、勃ちかけたそれに櫻内の手が、舌が絡みついてくる。快楽にくねる腰を体重で押さえ込まれ、延々と続けられる口淫に、高沢の息はますます上がり、唇からは櫻内の望むとおりの高い嬌声が上がり始めた。

「あっ……あぁっ……あっ……あっ……あっ……」

耐え切れずに櫻内の口の中に吐き出した精を、ごく、と喉を鳴らして飲み下した櫻内が、乱れる息に胸を上下させている高沢を見上げる。

「…………」

どうせこれで英気を養ってるだの、タンパク源になるなどという下品なことを言うのだろうと身構えた高沢を見て、櫻内はくすりと笑った。

「……読まれたか」

つまらん、と言いながら櫻内の指が萎《な》えた高沢のそれを離し後ろへと回ってゆく。

「……あっ……」

ずぶ、と指先が挿入されたのに、達したばかりの高沢の身体がびくっと大きく反応する。

「こうしてお前を喘がせるのが、俺には一番の癒しになるな」

「……そんな……っ……あっ……」

冗談じゃないと憤ろうとした高沢の言葉を、挿入された指が激しく蠢き止めさせる。

「あっ……はぁっ……あっ……」

早くも喘ぎ始めた高沢を見て櫻内は満足げに微笑むと、彼なりの癒しを求めて延々と高沢の身体を弄り続けた。

その夜も声が嗄《か》れるほどに喘ぎまくった高沢は、何度目かの絶頂のあと疲れ果てて櫻内の胸に倒れ込んだ。

「…………」

射精したばかりの櫻内の胸は大きく上下し、早い鼓動が高沢の耳に響いてくる。力強い鼓動はやがて速度を落とし、あっという間に平常時の脈拍数へと落ちてゆき、未だにぜいぜいと息を乱している自分との差に高沢は、半ば気を失いながらも舌を巻いた。

ゆっくりと規則正しいリズムで脈打つ櫻内の鼓動は、高沢を眠りの世界へと誘ってゆく。

「……大丈夫か」

髪を梳《す》き上げながら、櫻内が静かな声で高沢に囁いてくる。そういえばいつも行為のあとに、櫻内は『大丈夫か』と尋ねるのだったと思いつつ、胸に顔を埋めたまま、こくり、と小さく頷いた高沢の額に、櫻内の唇が押し当てられたのがわかった。

「…………」

温かい感触——ふと高沢の脳裏に、いつか三室に尋ねられた時の光景が蘇った。

『なぜ櫻内の愛人でいる？』

『……よくわかりません』

理由は未だにわからない。だが、毎夜野獣のように荒々しい行為で自身を翻弄《ほんろう》する櫻内に、大人しく身を任せているのは確かに高沢の意思だった。

貪られた身体を優しく抱き締める彼の腕に、額に押し当てられる温かい唇の感触に、満たされる想いを抱いているのも自分自身に他ならない。

たぶんそれが、答えなのだろうと思いながら、高沢は櫻内の逞《たくま》しい胸に、鍛え上げられたしなやかな筋肉を包む美しい肌に頬を寄せる。

「大丈夫か」

再び己を案じる言葉を口にする野獣のごとき男に、大丈夫だ、と頷く高沢の顔には、その野獣を惹《ひ》きつけてやまない満足げな微笑みが浮かんでいた。

たくらみは傷つきし獣の胸で
～コミックバージョン～
原案：愁堂れな
作画：角田 緑
櫻内の元に戻る為 高沢は八木沼の元を辞することにした
ほな 気ぃつけてな
はい お世話に なりました
ぺこ
いやわしも いろいろ 楽しませて もろたわ
ただ ちぃとばかし 心残りがなぁ…
?
心残り?
あんたに 食事の時に 着てもらお 思て
いろいろ 取り寄せたん やけどなぁ
無駄に なったわ

!!
これなんかなかなかのもんやで
あててみるだけあててみぃ
ム…ムニ
これを着たとこが見られへんのだけが心残りやで
…。
ましゃあないな
き、着ないですんで
本当によかった…
東京 櫻内邸
コンコン
おい
呼んだか？
絵にも描けないゴージャスさ。

何してるんだ!?
なっ
ああ
来たか
八木沼の兄貴から届いた荷物だ
……
兄貴もなかなか趣味がいい
お前も着てみろ
なっ
ちょっと待て！なんで俺がオ●カルなんだ!?
攻様
←
END

意外性

壊せ――。

さすがに『壊れる』までには至らなかったものの随分と無茶をさせてしまった。後悔するぞと予告はしたが、きっと今、彼の胸には後悔の念が渦巻いているに違いない。まあ今は、夢を見る気力もないほどに疲れ果てて眠っているから、後悔などする余裕はないだろうが、と俺は腕の中で規則正しい寝息を立てている愛しい男の顔を見下ろした。

警護中、俺を狙撃した犯人を追ったきり行方をくらましたと聞いて案じていた。が、彼なら自分の身くらい守れるだろうとも思っていた。

許可無く姿を消すことはないだろうから、すぐに戻るに違いない。彼の防衛能力を高く評価していただけにそう思い込もうとしていたが、嫌な予感は残った。

襲名披露の式典を直前に控えていたためにあまり目立った動きを取れず、捜索が遅れたことが仇《あだ》になったと知らされたのは、翌日、早乙女《さおとめ》がおずおずと差し出してきたビデオを受け取ったときだった。

画像を再生した瞬間、血が凍った。画面の中では彼が裸に剝《む》かれ、大勢の男に組み敷かれていた。

快楽と苦痛が混じった表情が大写しになる。その瞬間俺は映像を切り、早乙女に出かける準備をするよう命じていた。

ヘリポートへと向かう車中では、運転する神部《かんべ》の横、助手席に座る早乙女がちらちらと後部シートを窺《うかが》ってくることに、苛立ちを覚えた。

いいから前を向いておけ、と叱責すると、文字通りシートの上で飛び上がり、その後は一度も振り返らなかったが、しゃちほこばった背中はまた俺の苛立ちを煽った。

あの映像を見て俺がどう感じたか——彼がそれを気にしているのが問わずともわかったからだ。

ビデオを送りつけてきた香村《こうむら》が多額の保釈金を積み、娑婆《しゃば》に出てきたことは勿論、俺の耳に入っていた。保釈金を用意した人物についても情報は得ている。

五代目継承にまた名乗りを上げるつもりだろうとは予測がついたが、所詮は雑魚《ざこ》だ。気にかけるまでもないと放置していた。まさかこうした手を使ってこようとは想定していなかった。詰めが甘かったと反省せざるを得ない。

だが、詰めが甘いのは向こうも同じだった。俺を動かすのに『彼』に目をつけたことは賞賛に値するが、その後の対応が酷すぎる。

優秀な参謀の計画はおそらく、俺をおびき寄せるところまでが担当だったのだろう。明朝九時に大阪、と呼び出しの時間と場所が指定されていたが、それ以前に俺が動くとはまるで予測していないあたり、馬鹿としかいいようがない。

殺されるとわかっているのに、誰が指定の時間を守り、のこのこ出かけていくと思うのか。香村の居場所は既に突き止めていた。今夜のうちに奇襲をかけ、彼を救出して明日の朝には東京に戻る。

即決断、即実行。相手に時間的猶予を与えた時点で己の目論見《もくろみ》が外れる可能性は高くなる。そんな当たり前のことを、どうやら香村は知らないらしい。

ヘリポートには既に、手配したヘリが待機していた。すぐに乗り込み大阪を目指す。光の海とも言うべき美しい東京の夜景が眼下に広がっていたが、それを楽しむような心の余裕はまるでなかった。

目を閉じると、ビデオに映っていた彼の顔が浮かんでくる。

早乙女がつっかえつっかえ説明したところによると、あのビデオはバイク便で届けられたそうだ。早乙女以下数名の若い衆で内容を確認した結果、映っていた画像に仰天し、すぐ俺の許へと届けたのだという。

俺にビデオを渡す際にも、早乙女はちらちらと顔色を窺ってきたのだった。彼の物言いたげな目を思い出し、舌打ちをした途端に、早乙女の巨体がびくっと震える。

愛人を強姦されたことを俺がどう感じているのか、早乙女はそれを気にしているに違いなかった。

結論からいうと、別に何も思うところはない。強姦した相手に対しては、八つ裂きにしてやりたいという怒りを覚えるが、された相手には——彼に思うところは、正直、何もなかった。

俺が案じていたのはただ、彼の命がまだ存続しているか、その一点に尽きた。俺を呼び出すべく、犯されている場面をビデオに収めた時点で、彼の役割は終了している。

殺されているかもしれない。その状況を想像すると、この俺がぞっとした。滅多なことで動じないという自負はある。男たちの精液にまみれ、倒れている彼の姿を前にしても動揺しない自信はあったが、自ら流した血の海の中、絶命している姿を頭に思い描くと、叫び出しそうになる。その衝動を必死で押さえ込む必要があった。

おそらく、彼もまた、同じではないか。

当然ながら犯されることで幾許《いくばく》かの屈辱感は得ているだろうが、それ以外は特に、何も考えていないのではないか。画像の彼の表情から俺はそう読み取っていた。

だいたい、手足の自由を奪われている上、多人数に囲まれているのだ。殴られるのも犯されるのも、不可抗力としかいいようがない。

彼が早々に抵抗を諦めたであろうことは容易に想像がついた。抵抗したところで状況は変わらない。無駄に体力を使わず、逃げ出す算段を練る。彼ならそう考えるに違いなかった。

だからこそ、驚いたのだ——心地よさそうに眠る顔を見下ろすうちに、自然と唇を彼の額に押し当てていた。それで眠りの世界から呼び起こされたのか、彼がうっすらと目を開きかけ、やがて、また、すうっと寝入っていく。

寝やすいように体勢を整えてやりながら俺は彼の、額にかかる髪をそっとかき上げた。

まさか彼が自分が強姦されたことを気にしていようとは、まったく想像していなかった。救出に向かった際、彼の肌に触れた男たちを一人残らず血祭りにあげることに俺が熱中しているうちに、彼は既に自力で逃げ出していた。

突然現れた彼を目の前にしたとき、さすがだと感心したと同時に、そうでなければ彼ではない、と苦笑が漏れた。

大きな怪我《けが》を負っている様子はないが、体力は著しく消耗しているように見えた。東京に連れ帰ることも一瞬考えたが、当初の予定どおり、大阪で静養させることにしたのは、帰京の途中、攻撃を受ける可能性が大きいと判断したためだ。

まあ、それ以上に、無事にこの腕に取り戻すことができた安堵《あんど》と喜びをそのまま本人にぶつけ、それこそ壊すほどに激しく求めてしまうであろうと容易に想像できたからだったが、

彼は大阪に残されたことを随分と気にしていたという。

八木沼《やぎぬま》の兄貴にとってはそんな彼の様子が随分とツボにはまったようで、笑いながら電話をかけてきた。

『えらい可愛やないか。ほんま、あてられてもうたわ』

愛人らしゅうなってきた、と大笑いする八木沼の言葉を嘘とは思っていなかったものの、兄貴の勘違いではないかと実は疑っていた。

他に意図があったのではないか――そう考えていたというのに、彼の口からまさか、あの発言が出るとは予測してもいなかった。

『……それこそあのビデオで……愛想をつかされたのかと思った』

他の男に犯されたことを彼は気にしていた。理由は俺が『気にする』と思ったから――そう察したときの俺がどんな気持ちになったか、本人、わかっているのだろうか、と、再び安らかな寝息を立て始めた腕の中の彼を見下ろす。

愛しいと思う気持ちは一方通行なのかと思っていた。身体は確かに俺の愛撫に順応し、俺の突き上げを享受しているが、彼の気持ちがどこにあるのかは、まるで把握できなかった。

それこそ『諦め』ているのではないか。そう思うときもあった。

愛する拳銃を手放さずにいられるから――それが、『彼』が俺の傍にいる唯一無二の理由であっても、そう驚きはしないというのに、と苦笑し、またも彼の額に唇をそっと押し当てる。

肌を合わせるうちに、身体だけではなく、彼の心にもまた、変化が訪れていたというのだろうか。

額に受けた感触に、くすぐったそうに身を竦め、薄く微笑んだその顔に見入ってしまいながら、俺はふと、心の中で彼に問いかけてみた。

少しは俺を好きか――？

「……………ふふ……」

思わず苦笑してしまったのは、子供じみた自分の問いが可笑しかったからだった。声に出して問うたとしたら、『彼』もさぞ仰天することだろう。普段、表情に乏しい彼の驚く顔を想像するだけで、また笑いが込み上げてくる。

そうだ、俺の予想を超え、その問いに彼がこくりと頷いたらどうだろう。

「…………ないな……」

それには俺が驚愕《きょうがく》し、言葉を失うに違いない。己の動揺するさまを想像するとまた可笑しくて、つい吹き出した俺の腕の中では、どうやら笑いが伝染したらしい彼の頬が緩んでくる。魅惑的なその笑みはまたも俺の視線をこれでもかというほど、釘付けにしてくれたのだった。

あとがき

はじめまして&こんにちは。愁堂れなです。

このたびは三十三冊目（ゾロメですね）のルチル文庫となりました『たくらみは傷つきし獣の胸で』をお手に取ってくださり、本当にどうもありがとうございました。

たくらみシリーズ二冊目です。先月の一冊目の発売時にはたくさんの方が復刊を喜んでくださり、熱いメッセージを送ってくださいました。

本当に皆様、どうもありがとうございます。

この二冊目では高沢が大変な目に遭っていますが、個人的には着せ替え人形とか、襲名披露式典とかを、とても楽しみながら書かせていただいていました。既読の皆様にも未読の皆様にも、少しでも楽しんでいただけるといいなとお祈りしています。

角田緑先生、今回もすべてイラストを描き下ろしてくださり、本当にどうもありがとうございました！

ノベルズ時にも超絶に感動していたのですが、今回また感動も新たに素晴らしいイラストを拝見しています！

美しい組長と無愛想な高沢にまたもメロメロになりました。お忙しい中、本当に素敵なイラストをありがとうございました。

また、今回も担当のO様には大変お世話になりました。他、本書発行に携わってくださいましたすべての皆様に、この場をお借りいたしまして心より御礼申し上げます。

最後に何より、本書をお手に取ってくださいました皆様に御礼申し上げます。

たくらみシリーズ二冊目、いかがでしたでしょうか。よろしかったらどうぞご感想をお聞かせくださいね。

また、この三月刊で『愁堂れな連続刊行フェア』全員サービス小冊子のご応募対象は終了となります。皆様のご応募、心よりお待ちしています！

三巻目『たくらみはやるせなき獣の心に』は五月の復刊を予定しています。そちらもよろしかったらどうぞお手に取ってみてくださいね。

また皆様にお目にかかれますことを、切にお祈りしています。

平成二十四年二月吉日

愁堂れな

（公式サイト『シャインズ』http://www.r-shuhdoh.com/）

✦初出　たくらみは傷つきし獣の胸で……GENKI NOVELS「たくらみは傷つきし獣の胸で」(2005年4月)
後日談……GENKI NOVELS「たくらみは傷つきし獣の胸で」(2005年4月)
コミックバージョン……GENKI NOVELS「たくらみは傷つきし獣の胸で」(2005年4月)
意外性……書き下ろし

愁堂れな先生、角田緑先生へのお便り、本作品に関するご意見、ご感想などは
〒151-0051 東京都渋谷区千駄ヶ谷4-9-7
幻冬舎コミックス　ルチル文庫「たくらみは傷つきし獣の胸で」係まで。

幻冬舎ルチル文庫

たくらみは傷つきし獣の胸で

2012年3月20日　第1刷発行
2016年11月20日　第3刷発行

✦著者　愁堂れな　しゅうどう れな

✦発行人　石原正康

✦発行元　株式会社 幻冬舎コミックス
〒151-0051 東京都渋谷区千駄ヶ谷4-9-7
電話 03(5411)6432[編集]

✦発売元　株式会社 幻冬舎
〒151-0051 東京都渋谷区千駄ヶ谷4-9-7
電話 03(5411)6222[営業]
振替 00120-8-767643

✦印刷・製本所　中央精版印刷株式会社

✦検印廃止

ISBN978-4-344-82487-4　C0193　Printed in Japan